ゼータ＝アドゥル
〈女王の靴〉副局長。局長である〈女王〉を溺愛している。
アキラ＝トラプルカ
フェイの指導係になった一番隊の先輩。
「おれは〈女王の靴《レギーナ・スカルペ》〉で働きたい！
働かせてくださいっ!!」
ミツイ＝ユーゴ＝マルチーニ
フェイと同期入職した御曹司。
フェイ＝リア
廃棄寸前で、ある「運び屋」に助けられた機械人形《オートマトン》。〈女王の靴〉の新米配達人。
『女王の靴』の新米配達人
regina scarpe
しあわせを運ぶ機械人形》

命に叫んでいるのが、彼だから。

のひたすら全力な姿を見て、フェイは思う。

——絶対に成功させなくっちゃ。

「撃てえええ、フェエエエェイ！」

——ミツイ君から名前を呼んでもらえたのは、初めてだ。

「うんっ!!」

『女王の靴《regina scarpe》』の新米配達人

しあわせを運ぶ機械人形》

著 ゆいレギナ　画 夏子

The Novice Carrier from
"Regina Scarpe"
An Automaton that delivers Happiness

口絵・本文イラスト
夏子

装丁
AFTERGLOW

Contents

The Novice Carrier from "Regina Scarpe"

本書は、二〇二二年にカクヨムで実施された『「戦うイケメン」中編コンテスト』で優秀賞を受賞した『女王の靴は泣かない。～失敗作と呼ばれた少年が最強の〈運び屋〉になるまで～』を改題、改稿したものです。

第一章　見習いは化け物に頭を食われる

「〈失敗作〉逃亡――発見次第、ただちに処分せよ。繰り返す――」

緊急警報が鳴る中、その少年は白い通路で追われていた。

おびただしい足音。ババババッと左右に撒《ま》き散《ち》らされる弾音。

足を止めれば、待っているのは廃棄《ロスト》のみ――ただひたすらに足を動かし、意を決して彼が滑り込んだのは、ゴミ捨て装置《ダスト・シュート》。

急すぎる滑り台を下り、ドスンと落ちた先が柔らかいゴミの上だったのは、少年にとってのしあわせ。たとえそれが、自分と同類の屍《しかばね》の山だったとしても。

だけど、少年の幸運はそれだけに留《とど》まらなかった。

灼熱《しゃくねつ》の太陽の下に晒《さら》されたゴミ捨て場では、これでもかと異臭が蔓延《まんえん》している。

そんな場所で生きている人間が、彼に向かって手を差し出していて。

赤いストールを靡《なび》かせたその人間は、制帽を深く被っていた。

「どこへお届けしやしょうか？」

「え？」

「ぼくは〈運び屋《スカルペ》〉！　お望みの物を、お望みの場所へ届けやすよ」

少年は目を見開く。そのひとの顔は逆光で、ハッキリと見えなかったけど。

死体捨場で見た赤い天使に、少年は躊躇《ためら》わず手を伸ばしていた。

「おれを……どこか、自由な場所まで！」

「了解しやした！」

ニカッと笑った〈運び屋《スカルペ》〉はとても美しい紳士《ボウアンド・スクレープ》のお辞儀をする。

◆

〈運び屋《スカルペ》〉とは、街と街と行き来し荷物を運ぶ配達員のことである。

街と街の間の『何でもない場所』でモンスターが跋扈《ばっこ》する世界、ノクタ。

ノクタで生まれたモンスターは機械を食べる。そのため、人間はかつて存在したという街を行き交う自動車も、列車も、空を飛ぶ飛行機という遺物までも使えなくなった。

幸い、なぜかモンスターは街の中に入ってこないものの——人間は一つの場所に留まっては生きられないもの。たとえ自分は行けずとも、離れた場所に届けたいモノが必ずある。

そこで生まれたのが〈運び屋《スカルペ》〉。モンスターを排除しながら、荷物をどんな目的地までも配達するのが〈運び屋《スカルペ》〉という職業なのである。

そしてここは、そんな配達員を牛耳る民間企業の一つ〈女王の靴《レギーナ・スカルペ》〉。

その本局の通路で、見習いの一人が隣を歩く男上司に力説していた。

「その時、お代は出世払いだと言ってましたよね！」

「……そんな妄想話されても、俺はその〈運び屋《スカルペ》〉じゃないぞ？」

見習いの名前はフェイ＝リア。燃えるような赤毛が特徴の見た目十代半ばの少年である。燃えるような、という形容詞はその色のみを指しているわけではない。無造作すぎる髪型もまた、炎のように逆立っていた。そのため背丈自体は成長期前の小柄さながらも髪型の分が高くも見える。

その見た目通り威勢の良い少年フェイは、今年の〈女王の靴《レギーナ・スカルペ》〉入職試験で残った最終受験者である。その後ろを歩く、彼と同じ見習いの男女はフェイの前のめりのアピールに少し距離を開けていた。引かれていることも知らず、フェイはぐいぐいと熱弁を続ける。

「でも同じ服で臭いもそっくりですし。その時のツケを払いに来ました！」

「気持ち悪い単語は聞かなかったことにするが……百歩譲って、その時の恩人が俺だとしようだとしても、金だけ渡せばいいんじゃないのか？」

「でもお金でしあわせは買えないんで。なので身体《からだ》で払おうかとっ！」

「だったらどーして……入職率五％以下で高収入で有名な〈運び屋《スカルペ》〉の入職試験を受けているんだっ⁉」

と、ろくでもない新人候補が来たと項垂《うなだ》れる副局長ゼータ＝アドゥル。長い藍髪《あいがみ》を一つに結《ゆわ》いた長身痩躯《そうく》の男は、その知的な顔つきとは異なり、ド派手な赤いストールを身に纏《まと》っていた。その中に着た紺色のだっぽりしたジャケットに、同色細身のカーゴタイプのズボンといった戦闘に特化した服装もまた〈女王の靴《レギーナ・スカルペ》〉の制服である。

ゼータは見習いたちの狭い歩幅にさり気なく合わせながらも、ため息を吐《つ》く。歩きながら見ていた書類でいえば、このフェイという少年の知能テストはずば抜けて優れていた。それに基礎的な体力テストでも基準以上。特に足の速さには目を瞠《みは》るものがあった。総合得点でいえば、三人の中でこの赤髪がトップだったのだ。

――しかし、この胡散臭《うさんくさ》すぎる志望理由はなんだ？

『助けてもらった時にツケてもらった〈しあわせ〉を払うため』

実際に話を聞いてみれば、こうして履歴書の欄とほぼ同じことを言っているのだが……少なくともゼータはこんな少年を今まで見た記憶も、ましてやそんな怪しげな施設から誰かを助けた覚えもない。

――人違い、あるいは……。

色々な可能性を思いあげてみるも、ゼータはすぐやめる。

どうせ試用期間で脱落したら、二か月後には赤の他人になるのだから。

「まぁ、志望動機はもうそれでいいが……まだ若いとはいえ、準備期間に五年かけたというのは本当なのか？　途中で気が変わったり、心が折れたりしなかったのか？」

「そもそも変わる気も心も、持ち合わせてないですよ！」

ニカッと笑う顔は、若さゆえに眩《まぶ》しいものだった。

新人は元気が一番。それは、もう副局長の自分には必要がないもの。

ゼータは無駄に優しい男ではないが、若人に人並みの配慮ができる大人である。

「ここまでの試験も厳しかったと思うが……試用期間はもっと厳しいぞ。泣く覚悟はできてんだろうな？」

その最終確認は脅しとも言えるかもしれない。

だけど、試用期間中は実際の仕事に同行してもらうことになる。勿論《もちろん》、見習いが死なないように難易度は低めの任務を用意するつもりだが……命を落とす危険性はゼロではない。

それをわかってか否か——見習いフェイは胸を叩《たた》いた。

「そこは期待してくれていいですよ。おれ、今まで一度も泣いたことないんで！」

そして、到着したのは〈女王の靴《レギーナ・スカルペ》〉本局の食堂。ここでは長テーブルがいくつも置かれ、局員たちが朝礼のため皆、思い思いの席に座っていた。

〈女王の靴《レギーナ・スカルペ》〉はこの本局の他に東西南北に四つの支局を持つが、規模はそれぞれ小さい。ゆえに本局の建物自体も二階建ての旧オフィスビルを多少改築しただけの雑多な代物。そのため局員が集まるべき朝礼時などは、常にこの食堂が使われている。

どうってことない食堂で、唯一目を引くものがあるといえば一つ。

【我らは女王に踏まれる靴である】と達筆な文字で掲げられた社訓のみである。

「はーい注目。こいつらが最終試験に合格し、今日から試用期間に入る馬鹿共だ」

「フェイ＝リアでっす！　どーぞ宜しくお願いしまっす‼」

ゼータの投げやりな紹介に対して、我先に元気な挨拶《あいさつ》をするフェイ。

それに対して、数十人いる局員たちはだんまりだった。

しばしの沈黙。

そのあと、自らに活を入れて声をあげたのはフェイの隣にいた少年だ。

「ミツイ＝ユーゴ＝マルチーニだ。俺はこれから、〈女王の靴《レギーナ・スカルペ》〉の星《ステラ》を背負って立つ予定である。俺の気合と能力、そして財力に期待してくれて構わない」

黒い髪。切れ長の青い瞳《ひとみ》。そんなクールな見た目通りの口調なのに、自信とは裏腹にそこはかとなく溢《あふ》れる残念感。そんな自己紹介をした少年は、隣のフェイより少しだけ背が高い。だけど、そんなことはこの場の誰もがどうでもよかった。それよりも『マルチーニ』という名前自体が、このアガツマの街で有名なのだ。

マルチーニ食品会社。アガツマの街の大部分の食品流通を管理している会社である。

その御曹司がやってきた——と、生唾《なまつば》を飲む局員たちが数名。彼らの目が語っていた。

カモが金を背負ってやってきた、と。

また複雑な空気が流れたあと「最後はわたしね～」と話し出したのは、女性の見習い。

「ニコーレといいます。お手柔らかにしていただけると嬉《うれ》しいわ」

ゆっくりと、間延びして話す女性である。柔らかそうな肩までの亜麻色の髪がとてもよく似合っていた。おそらく成人しているのだろう。ニコニコとした様子からとても穏やかな女性だということが窺《うかが》えるが……男性局員が注目している点は胸部である。

豊満。

キュッと引き締まったくびれの上に鎮座する、まんまるとした曲線。

局員たちは、先とは違った意味で唾《つば》を飲み込んでいた。

そんな三者三様の自己紹介と、局員たちのろくでもない反応。

それにゼータは嘆息してから、何事もなかったかのように話し出そうとするも——一応、見習いたちの様子を見やる。歓迎ムードとはかけ離れた様子に怖気づいていないだろうか。意気消沈していないだろうか。ゼータは大人だ。そして副局長という管理職だ。この見習いたちの何人が正式採用されるか、さして興味はないが……最低限の面倒を見てやるのが務めである。

だけど赤髪を爆発させた一人はウキウキワクワクと目を輝かせているし、財力を隠さない坊ちゃんは斜に構えているし、のほほん姉ちゃんはやっぱりのほほんとしている。

——気にしてやった俺が馬鹿だった……。

ゼータは手に持つ書類を確認する素振りをしながら、朝礼を続ける。

「まぁ、この馬鹿そうなのが本採用されるかどうか決まるのは、知っての通り二か月の試用期間の働きぶり次第だ。それでさっそく隊分けだが——」

「そこの赤いの。今年の首席は俺が貰《もら》う。せいぜい今から俺様にゴマをする練習でもするんだな。気が向けば貴様を助けてやらないこともない」

「首席？」

ゼータを無視して、勝手に盛り上がり始める見習いたち。まぁ、若い男なんてこのくらい元気な方がいいか、と大人の女性に期待してみるも。彼らと同期になる成人女性ニコーレは「それじゃあわたしもがんばっちゃおうかな」とニコニコ参戦するようである。

それに、ニコーレの胸を見てあからさまに顔を赤らめる自信満々坊ちゃん。

対して、ゼータにはめちゃくちゃアピールしてきたにもかかわらず、試用試験の内容をまったく知らない様子の赤髪爆発少年。しかも少年の興味は次に行ったようで、社訓を「カッコいいですね～」と眺めている。

「社訓が気になるのか?」

「はい! 〈運び屋《スカルペ》〉はただのお客様の足……靴代わりだって意味と、上司の命令は絶対だという意味を兼ねているんですよね? とても素敵な表現だと思います!」

「被虐嗜好はないと嫌がるやつも多いんだがな」

苦笑していたゼータは表情を戻しながら「というわけで、上司が話している最中は私語を慎め」と、書類で全員の頭を叩く。

そして、悟った。今年の見習いにも、まともなやつがいないことを。

「それじゃあ隊分けを発表するぞ! 赤いの、試用試験については後で説明してやる」

「はぁいっ!」

赤髪爆発少年フェイの威勢の良すぎる声が、食堂に響き渡る。

見習い試用期間の恒例行事――星集め。

配達物の難易度に合わせて星の数を設定し、二か月の間で一番多くの星を集められた隊が優勝。

一週間の長期有給休暇が隊の全員に付与される競争である。

参加できるのは見習いが所属する隊のみ。ある意味、この報酬は見習い育成の手間賃のようなものである。それでも、一週間の特別有給取得の可能性より見習いの世話をしたくないと嫌がる薄情者が多いので、毎年見習いの配属には苦労しているのだが。

ちなみに見習いにだって、この競争に参加するメリットがある。

同期の中で一番星を集めた『首席』にはご褒美として、ゼータ権限でどんな願いでも叶《かな》えてやることを約束しているのだ。

「いいか、首席をとるのはこの俺。そしてステラ隊に配属してもらうのも、俺様だからなっ‼」

そんなミツイを配属したのは二番隊。中堅どころを多く集めた隊である。本人は熱くステラ隊を希望していたのだが、そんな花形部署にいきなり見習いを回せるはずがない。

彼の面倒は隊長のゴーテルに任せてある。寡黙で見た目は危ない橋をいくつも渡っていそうな風《ふう》貌《ぼう》だが、仕事には誰よりも愚直に取り組む男だ。隊員からの信頼も厚い。今も「俺も応援する」と言いながら、いつまでも食堂から離れようとしないミツイを誘導していってくれた。

ちなみにミツイが言っていたステラ隊というのは、この〈女王の靴《レギーナ・スカルペ》〉の花形部署だ。主に広報業務や見た目が重要とされる任務に就いてもらっている。彼がステラ隊の現実を知るのは、いつになることやら。

「それじゃあ、フェイ君。がんばりましょうね」

のんびりと同期に挨拶して去っていくニコーレは、女性が多く所属している五番隊に配属した。

いかに荷物を相手にする仕事とて、なるべく女性にお願いしたいという客からの要望は少なくない。主にそんな仕事を丁寧にこなしてもらっているから……正直この星集め競争には向かない隊である。彼女はあまり気にしてないようだが。

そして、無難なようで一番厄介な予感がする問題児。

「——というわけで、お前は一番隊。俺の下についてもらうことにした。何か異論は？」

「何もありませんっ！」

ニカッと微笑《ほほえ》み、やっぱり返事だけはとても気持ちがいい。

全員がこうなら可愛《かわい》げがあってていいのにな、と思いつつ、ゼータは食堂に残る隊員たちを見渡す。

一人は机に頭を預けながらこちらを睨《にら》んでおり、一人の男は爪にマニキュアを塗っており、一人の女は携帯端末でゲームに勤しんでおり、もう一人の男は爆睡しており……まともに話を聞いている者は誰もいない。

だからゼータは、せめてこちらを見てくれている男を指名した。

「アキラ、お前後輩が欲しいと言っていたな？」

「ハァ⁉」

非難の声をあげるのはアキラ＝トラブルカ。去年入職した二年目。くすんだ黄色い髪が特徴の、フェイより二歳年上の少年だ。完璧《かんぺき》な任命である。それなのに、本人は不服を隠そうともしない。

「言ってないっすよ！　オレは下僕が欲しいって言っただけで……絶対に嫌っす！　見習いに同行するなんて面倒、ぜったい嫌っすからね！」

その全力の拒否に他の隊員はようやく顔を上げるも、全員せせら笑うのみ。

その中で、ゼータはアキラの顔すら見ず淡々と続ける。

「まぁ、俺が命じた以上、お前に拒否権などないんだがな。当然、当分の配達には俺も同行する。日常の面倒は任せた」

「げ～っ。配達にアドゥル副長もいるとか、もっと面倒じゃないっすか……」

「喧《やかま》しいわ。とりあえず、今日の伝達事項は以上だな。あとの三人は通常業務で――」

その後、ゼータは今日の配達スケジュールを口述。副局長兼一番隊の隊長を務めているわけだが、毎日これといった伝達事項などない。むしろ毎日ある方が困る。ゼータは平和主義なのだ。

そして、最後に今日の一大イベントのみ復唱。これぞ模範的な朝礼である。

「じゃあアキラ。最初の出立は一二〇〇《ヒトニーマルマル》。それまでに見習い分の用意も頼むな」

「……了解っす」

「それじゃあ、解散！」

その言葉を待ってましたとばかりに、一斉に隊員が立ち上がった。散り散りに去っていく同志たちを見届けながら、こういう時ばかり仲が良くて何よりだ、とゼータが胸中で寂しく感じていると。

「見習いくんはコッチっすよ～」

アキラに手招きされて「はーい！」と挨拶するフェイ。そして彼のもとへ行く前、「行ってきます！」と自分に会釈してくる律儀さにゼータは恋しさまで募る。だけど大人のゼータはそれを隠してシッシッと追い払えば、フェイはゼータのつれない態度など気にすることなく、スタスタと「元気だけはいいっすね～」と苦笑するアキラのもとへ。

アキラはやる気のない態度全開ながらも、見習いに手を差し出していた。

「じゃあ面倒っすけど……きみの面倒見ることになったアキラ＝トラプルカっす。短い付き合いかもしれないけど、どーぞよろしく」

二人の握手を見届けて、ゼータも踵《きびす》を返す。

——まぁ、あいつに任せておけば、見習いが死ぬことはないだろう。

◆

アキラ＝トラプルカはめんどくさがり屋である。

「見習いくんの仕事は当分ただの荷物持ちっす。当たり前っすけど、難易度自体も低い仕事だから。ま～死なないとは思うんすけど……でも『何でもない場所』に行くには違いないんで。もしもの覚悟はしといてくださいね」

そんなアキラが頑張って面倒を押し切りながら説明しているのに、

「よっ、せ～んぱいっ！」

「可愛い後輩を守ってやれよ！」

「がんばれお兄ちゃん♡」

廊下から通りすがりの邪魔が多い。そんな先輩たちの野次を「うるさいっすよ！」といなしつつ、彼は倉庫のロッカーから見習い用の予備の制服を見繕う。

頭は爆発しているけど……フェイの体格は小柄だ。

「きみ、いくつっすか？」

「十五歳です。たぶん」

「多分？　……もしかして、孤児とか？」

「まぁ、そんな感じですね」

「ふ～ん……なかなか複雑そうで。ま、これ以上は聞かないけど。面倒だし」

自分も十六歳で入職した。だから年齢的におかしなことはないし、とアキラは考えるのをやめる。

身長も一年前の自分もこんなモンだっただろ……と、アキラは探す場所を改めた。自分の身長が縮むことはないんだから、お下がりをやればいい。どうせすぐ汚れる運命だ。

そして「はいこれ、すぐ着替えて」と少し色褪《いろあ》せたSサイズの服を渡しつつ、アキラは説明を続ける。

「隊は六人で一チームっすけど、実際に配達で組むのは三人が多いっす。隊内で編成を替えることもあるけど……残念ながら、オレはアドゥル副長と一緒のことが多いっすね」

「あれ？　さっき一番隊に五人しかいませんでしたよね？」

「……まぁ、それは面倒なのでおいおい。あ、今日はこれも持っていくっすよ」

「黒い……スカーフですか？」

「そう、今日の特別アイテムっす。使う時にちゃんと言うから」

着替え途中の見習いに黒いスカーフを渡しつつも、自分も着替え始めるアキラ。といっても、ジャケットまでは朝から着てきていたので、赤いストールと帽子を装着するだけだ。それと――ヒップホルスターには銃も入れて。

着替え終わった二人は移動する。準備といっても、今日はそう遠くに行くわけでもない。だからあとは水と最低限の非常食を……と他の部屋へと向かっていると、見習いは目ざとく腰に差したそれに目を付けてきた。

「それが先輩の武器なんですね！　モンスターに狙われないために、特殊加工がしてあるっていう」

「そ。オレは普段中衛だから威力重視でマグナムを愛用してるんすけど……今日は前衛もオレが兼任っすかね。きみはアドゥル副長の後ろにでも隠れててね」

通常の銃だと機械ゆえ、一発で機械を食べるモンスターの餌になってしまうが――〈女王の靴《レギーナ・スカルペ》〉のハイヒールの刻印が入った特殊武器はモンスターに『機械』と認識されない。そのメカニズムは専門家でないため、アキラは知らないし、面倒なので知りたいとも思わないが……その効果は今までの仕事で重々体感済みだ。

その中でも、アキラの愛用武器は自動式拳銃《けんじゅう》のデザートイーグル。拳銃と呼ばれる部類の中では大型のものになるが、見た目の割に軽く、スコープなどのアレンジもしやすい代物。中衛といいつも前衛よりに近い、なんでも屋に等しいアキラにとっては都合の良い銃である。……入職時、副局長がこれを渡してきた理由は『鷲《アクイラ》』が自分の名前に似ていたからってだけらしいが。デザートイーグルの別称は『砂漠の鷲』。

そんな真面目なようでいい加減な副局長の名前が出た時、見習いフェイが珍しく眉根《まゆね》を寄せていた。

「ところで先輩……あの人は何をしているんですか？」

「あ〜、アドゥル副長？　いつものお祈りっすよ」

廊下の先。コンクリート打ちっぱなしの灰色だらけのこの建物において、唯一ピンクの扉を開けながら。上半身だけ部屋の中に入れた副局長の尻《しり》が廊下でふりふり揺れていた。なぜ、尻の持ち主がゼータ＝アドゥルとわかったかといえば、その尻尾《しっぽ》のような長い藍色《あいいろ》の髪と声ゆえだ。

「あぁ、麗しの我が女王陛下《レギーナ》。残念ながら、ぼくはこれから仕事で外に行かなくてはならないんだ……。そうだね、寂しいよね。ぼくも寂しいよ。でもすぐに帰ってくるから、いい子で待っててね。お土産《みやげ》は何がいいかな。花でも咲いていてたらいいいんだけど……」

一人称すら『俺』から『ぼく』へと変えて。

舌足らずで話すゼータ＝アドゥルの姿（見える範囲でいえば、揺れる尻）に対して、アキラは頭を掻《か》きむしる。副局長のあんな姿に幻滅して、見習いが帰ってしまったらどうするのか。最近人手不足なのに。後輩は面倒だけど、かといって永遠の下っ端も面倒なのが元・新人ゴコロ。

その両天秤《りょうてんびん》に決着が着かないまま、とりあえずアキラは最低限の説明だけをすることにした。

「あの尻が我らの副長なんすけど……ほっといてやってください。局長である〈女王《レギーナ》〉を溺愛《できあい》してるんで。仕事前の恒例お祈りタイム的なやつっす」

「局長さんは女性なんですかね？　社訓も女王《レギーナ》ですし」

「まぁ、そうっすね。女王様《レギーナ》には絶対服従しろっていう、とんでも社訓ですし」

普通は嫌がる社訓である。実際、アキラもあまり気持ちのいい訓示ではない。だけど、全ては金のため。破格の給料のために口先だけ合わせる者はアキラだけではない。

だけど、純粋にこんな社訓を気に入っているらしい見習いは、やはり無垢《むく》な質問を返してくる。

「おれ、そんな女王様《レギーナ》に挨拶《あいさつ》しなくていいんですか？」

とても常識的な心配だ。小さい会社。入職初日の新人がトップに挨拶くらいするのが礼儀だと思ったのだろう。面談時も、局長と顔を合わせていないのか。

——でしょうね。

だけど当然面倒だから、アキラはこの場をテキトーに誤魔化す。

「あ〜……副長、嫉妬深《しっとぶか》いんで。なるべく他の男に会わせたくないんじゃないっすかね？」

「おれ知ってます！　そういうのを『らぶらぶ』って言うんですよね？」

——あれはラブラブというよりも……。

その実態を知っているアキラからすれば、あのお祈りが『らぶらぶ』なんて可愛い恋慕とは程遠いものだと知っていながら。

「じゃあアドゥル副長は、今しあわせなんですね……」

目を輝かせる見習いに説明するのは面倒なので、テキトーに流すことにした。

「ははっ、副長が元気なさそうな時、それ言ってやるといいっすよ。副長あんがい単純だから……一気にきみの評価が暴上がりっす！」

「覚えておきますっ！」

だってそれを知ったとて、現実は何も変わらないのだから。

夢を見ていることがあの人にとって幸せならいいではないか——めんどくさがりの二年目局員アキラはそう思う。

働かざる者食うべからず。食べ物がなければ生きていけない。

めんどくさがり屋でも、その現実だけは誰より理解しているアキラである。

「お前の役目は、その荷物を死守することだけだ！　いざとなったら、俺らを見捨てて逃げろ！

仲間より荷物を優先してこその〈運び屋《スカルペ》〉だ！」

「はいっ！」

本部のあるアガツマの街を一歩外に出た荒野にて。

〈運び屋《スカルペ》〉の三人は街を取り囲む高い外壁に見下ろされながら、見習いに仕事の最終確認をしていた。

今回運ぶものは大きな白い風呂敷《スカーフ》で覆われた木製の四角い箱だ。サイズは頭部より少し大きい程度。重さはそこそこ。見習いフェイは背中に携帯食料などが入ったリュックサック。前にはその箱を抱えて。見てくれは小さな身体《からだ》が押しつぶされそうにも見えるが、今も足場が悪い岩の上でしっかり二本足で立っている。

——なかなか有能な見習いなこって。

元気がいい。やる気もある。足腰もしっかりしている。

そして最終試験を通過するほどの知識もある。

〈女王の靴《レギーナ・スカルベ》〉の入職試験は甘くない。二年前、アキラだって毎日夜な夜な泣きながら勉強して、ようやく入職できたのだ。試験内容は世界各国の地理、法律。重火器の歴史や扱い方、またそれに関する法律。そして発見されたモンスターに関する知識。それらの学者レベルの細かな知識を問われつつも、しっかり世界情勢や一般教養まで求められる始末。

そんな一次試験を突破できるのは、毎年百人くらい受験者がいて五人いるかどうか。そして二次の基礎運動能力試験を突破できるのが、そのうち一人か二人。アキラが試験を受けた時は二人だけだった。今年は三人。比較的豊作な年なのだろう。

――試用期間でやめなければの話、ですがね。

「ほんと、元気がいい見習いくんっすね～。それだけじゃないといいけど」

アキラが手近な岩に座って頬杖《ほおづえ》をついている間にも、今年の期待の星への確認作業は続く。

「ここから先は町の外――通称『何でもない場所』だ。その特徴は？」

「はい、モンスターがいることです！」

「モンスターと動物の一番大きな違いは⁉」

「機械だけを食べることです！」

それらは別に〈運び屋《スカルベ》〉のみならず誰でも知っている常識だが、ゼータは生徒が難解な問題を解いたかのように大げさに頷《うなず》いた。

「そうだ！　どこから生まれたか知らない化け物、モンスターは機械だけを食べる。つまり、人間が普通に歩いているだけでは、よほど尻尾を踏むなりしない限りは襲われない――今回の荷物はＮｏＭ《機械ではない》！　つまり、普通に移動するだけなら俺らはモンスターに襲われないわけだ。そのため、今回の仕事は難易度が一番下のＥランク任務になる」

――念入りな確認だなぁ……。

去年のアキラの時もそうだったが。

このゼータ＝アドゥル副局長、一見『俺はクールで知的な一匹狼だ』的な素振りをしているが、なんやかんや物凄《ものすご》く面倒見が良い。たいてい下っ端のアキラとなんか組みたがらない局員が多い中、ずっと組んでいるのが良い証拠だろう。……ただ心配性なだけかもしれないが。

そんな教官兼上司に、フェイはまっすぐ手を上げた。

「質問です！　今日運ぶコレの中身はなんですか？」

「伝票以上のことは知らん！　というか、知ってはならない――これが〈運び屋《スカルペ》〉の掟《おきて》だが……よもや、知らないとは言わないだろうな？」

「いや、それは知ってるんですけど……でも副長さん、さっき『ＮｏＭ《機械ではない》』って断言してましたから。宛先《あてさき》は書いてあるけど、品名は空白だし」

――あ～、墓穴を掘ったっすね。

アキラはせせら笑う。通常なら掟通り、〈運び屋《スカルペ》〉は宛先伝票に書いてあること以外には関与しない。伝票には『Ｍ《機械》』と『ＮｏＭ《機械ではない》』のどちらかに○を付ける場所と、品名を書く欄がある。見習いは品名欄が空白なのに『ＮｏＭ』だとわかる理由を問いたいのだろう。品物もわからない上にそれが虚偽の申告だったら……配達員の命に関わるからだ。

今日運ぶ荷物の中身を、アキラも知っているが……それは今、彼に言うことではない。

だけど、ゼータは表情を動かさなかった。

「それは、俺が依頼主だからだ。あくまで今日のは練習用。気にするな」

「はあ……」

アキラが初めて見るフェイの不満顔だが、やっぱりゼータは見て見ぬ振りらしい。そのまま地面に置いていた自分のライフルや弾倉や予備の武器等々を背負った。

「よし、出発するぞ！」


目の前には、だだっ広い砂の地面。背の低い草木が点在する様は、すべて計算しつくされたような芸術感まで醸している。そんな『何でもない場所』に道などない。昔使われていた道の残骸《ざんがい》がある場所にはあるが――モンスターが世界に蔓延《はびこ》るようになった以上、街の外である『何にもない場所』を行き交う馬鹿は行商人と〈運び屋《スカルベ》〉くらいだ。

そんな砂漠の真ん中で。

大きな荷物を背負って抱えた見習いはとても嬉《うれ》しそうにしていた。

「へぇ、こっちの方は初めて来ました。砂漠なのに……綺麗《きれい》な場所ですね！」

「過去の森林伐採による温暖化により、氷河が下に隠していた砂地が露《あら》わになってできた場所だそうだ。綺麗な砂と一緒に……モンスターも出てきてちまったんだがな」

「でもモンスター、どこにも見当たりませんけど？」

キョトンとした顔で周囲をキョロキョロしたフェイに、アキラは暇つぶしがてら世間話を返す。

「見習いくんは今まで、どんなモンスター見たことあるんすか？」

「一匹も見たことないですよ」

「ないの⁉」

思わずアキラは驚くが、一歩後ろを歩くゼータは水を飲んでから鼻で笑った。

「まぁ、街から出ない都会人は見たことないやつも多いだろ。食べ物を探して村の外を探策していた貧乏なお前んちが稀有《けう》なんだよ」

「そりゃあ悪ぅございましたねぇ。おかげさまのお給金で、今じゃあ家族みんな街でぬくぬく暮らさせていただいてますよ〜」

「おー。これからもその調子でせっせと働け」

「へ〜い」

振り向きながらだらしなく敬礼してみせるも、ゼータは素知らぬ顔で空になったペットボトルを両手で潰《つぶ》し、腰のバッグの中にしまう。

――これなら見習いくんと話している方が、まだ楽しいっすかね。

と、アキラは再び前を向いて、隣を歩くフェイをからかうことにした。

「油断しない方がいいっすよ？」

「？」

「アレは、本当にいきなり――」

その時、地面が揺れ始める。同時に砂漠から這《は》い出てくるのは、巨大すぎる赤ミミズ。

後ろのゼータから嘆息が聴こえる。

「ほーら、誰かさんがフラグを立てるから」

「オレのせいっすか⁉」

その地面から出ているだけで体長五メートルある巨大な赤ミミズの正式名は、ブエンドデスワーム。その大きな口からは紫色の唾液《だえき》と、無数に並んだ鋭い歯を惜しげもなく披露してくれている。

この唾液はもちろん猛毒。この毒で金属を腐食させつつ消化しているのだとか。習性として、黄色いものを狙って襲うといわれている。

――まぁ、黄色っていったらオレの髪くらいっすか？

アキラは自らの軋《きし》んだ髪を少し摘まんで、わざとらしく高い声を出す。

「きゃ～。こんな綺麗な髪のオレ、真っ先に食べられちゃうかも～」

「後輩への指導ご苦労。だが安心しろ。お前のくすんだそれは黄色とは言わん」

「ですよね～」

チラッと見習いを見やると、彼は嬉しそうに両手を叩《たた》いていた。

「なるほど！　おれにモンスターの特性を教えてくれてたんですね。いきなり棒読みの小芝居を始めたんで、モンスターを前に人格が変わってしまったのかとビックリしました！」

その言葉に、ゼータは吹き出し、アキラは赤面する。

そしてひときわ巨大なワームに、アキラはヒップホルスターから銃を抜いた。

「あの肥えたワーム、腹いせにぶっ倒していいっすよね？」

「馬鹿なこと言ってないで気づかれないうちに迂回《うかい》するぞ。手出ししなけりゃ何もしてこない――」

ゼータが言い終わるよりも、早く。

ワームはその大きな口からいきなりフェイに向かって毒を吐き出してくる。

『なっ⁉』

驚きの声を漏らしたのはアキラとゼータ、ほぼ同時だった。

肝心の狙われたフェイのみ黙ったまま、その場を大きく飛《と》び退《の》く。その跡には紫色を帯びたおどろおどろしい粘液が小さく泡立っていた。

「うお～、びっくりした～」

ワンテンポ遅れて目を見開いたフェイをよそに、ワームはそのギラギラした歯をむき出しにしながら、フェイに食らいつこうと突進する。

――なんで見習いくんが襲われてるんすかっ⁉

モンスターが食らうのは機械だけ。あと強いてあげても黄色い物。

何もしてない人間が襲われることはない。それに彼は赤髪だ。持っている物だって白い箱は木製だし、中身もＮｏＭ《機械ではない》。彼の背負っている荷物も全部アキラが検分済み。それなのに、どうして――

だけど、即座にアキラが撃ったマグナム弾が、ワームの横っ面で爆散する。

「ほら、見習いくん。とっとと隠れて隠れて」

考えるよりも前に、動いていた。

アキラは愛用のデザートイーグルを持った手で、指をクイッと動かす。

「へいへいミミズさん、こっちっすよ〜。……ったく、だから見習いのお守りなんて面倒だっつったのに……」

舌打ちしながらも、アキラはそのまま自動装填《そうてん》されるのを確認し、デザートイーグルのトリガーを立て続けに引いた。

そのまま三発、横っ面にマグナム弾を食らわせば。さすがの大ミミズも圧《お》されてくれる。

その隙に、デスワームから距離をとったフェイが疑問符を上げていた。

「どこへ隠れたらいいですかっ⁉」

——あ〜、律儀な後輩っすね〜。

先輩の指示に不明点があれば、すぐさま確認する。模範的な見習いの言動だ。

こんな砂漠に隠れる場所なんてない。木々といっても、フェイの身長よりも低い木が点在しているだけ。ガキのかくれんぼにもなりゃしない。でも、そのくらい自分で考えてくれってのが先輩ゴコロ。

「とりあえず後ろに下がって！」

律儀な見習いはしっかりと荷物を抱えたまま、地面にライフルを用意し構えたゼータのそばに下がろうとする——も、起き上がりざまにワームは再び毒を吐く。狙う先は、やっぱりフェイのみ。

スコープを覗《のぞ》いたままのゼータが声を張る。

「こら見習い！　臭《にお》っているんじゃないか⁉　ちゃんと風呂《ふろ》に入ってきたのか⁉」

「入りましたよ、三日前には！」

「毎日入れ！」

そんなクソどーでもいい問答しながらも、フェイはちょこまかと吐かれる毒や突進から逃げまくっていた。

――この見習い、威勢だけじゃなかったっすね。

――少なくとも一緒に逃げられる程度には。

景気付けの一発を撃ち込んでから、アキラも急いで踵《きびす》を返す。そしてゼータの装備の半分を持ちながら、神妙な面持ちで告げた。

「アドゥル副長……貧乏人に毎日風呂なんて贅沢《ぜいたく》なんすよ」

「喧《やかま》しいわ！　とにかく今は――」

ゼータもライフルを慌てて背負い直し、立ち上がる。

そして放たれるは短い命令。

「逃げろ！」

〈運び屋《スカルペ》〉の三人は、靴を鳴らして一目散に離脱する。

逃げるが勝ちという言葉があるらしいが、それはどこの世界の話なのだろう。

少なくとも一度〈女王の靴《レギーナ・スカルペ》〉に踏み込んだが最後、逃げたら負けだ。

「このまま逃げ切るっていうのはダメなんですか？」

「場所が森とかで完全に撒《ま》くことができれば話は別だけど、このだだっ広い砂漠で撒くことなんて実質不可能。あいつらほんっとしつこいっすからね。モンスターを連れて街に入ろうとする者は容赦なくモンスターごと射殺されるし……て、入職試験にも出ないくらいの常識じゃないっすかねぇ」

前にも背中にも荷物を抱えて隣を走る可愛《かわい》い見習い。そんな彼の一見素朴な質問を、アキラは一蹴した。

――足腰は立派だけど、やっぱり馬鹿？

そう判断しかけていると、ゼータが追撃をかけてくる。

「面接の時に聞いてたんだが……こいつは自称機械人形《オートマトン》だから、人間の常識に疎いようだ」

「はぁ⁉　機械人形《オートマトン》⁉」

アキラは声を荒らげてから、スンと眉根《まゆね》を寄せる。

「……なんでそんな痛いコを面接で通してるんすか」

「まさか本当だと思わんだろうが」

機械人形《オートマトン》とは、今じゃ寓話《ぐうわ》の中の産物である。

この世界、ノクタは女神が創った箱庭だといわれている。

しかし、かつて箱庭の中で飼われているに過ぎない人間は女神の許可なく、自らの手で『命』を作ろうとした。その作ろうとした生命体が機械人形《オートマトン》。

女神はそれを見逃さず、罰として世界《ノクタ》に呪いをもたらした。

その呪いとして生まれたのがモンスター。別称〈世界の呪い《ノクタージュ》〉。人間は今、その時の過ちを償うため、モンスターの脅威に怯《おび》えて生活をしなくてはならない。償いが終わった時〈世界の呪い《ノクタージュ》〉から解放されるという赦《ゆる》しを信じて。

——なんて、あの胡散臭《うさんくさ》い教会集団は言っているらしいっすけど。

この世に神様なんていないと思っているアキラは、そんな寓話を信じない。

それでも実際に前世紀、減りつつある労働人口を補填《ほてん》するため機械人形《オートマトン》が作られていた歴史もあるらしい。しかし開発途中、無駄に歴史の長い教会からの弾圧で中断してしまった、と。これらは入職試験の際に勉強したこと。

しかしそんな雑学を、モンスターに追われている最中に使いたくなかった。

全速力で走りながら頭を抱えるという器用な技をこなすアキラに、やっぱり隣で走るゼータも器用に肩をすくめてみせる。

「ちなみにこいつ、筆記試験は満点だ」

「……テストはできるってタイプ？」

反対側のフェイに尋ねれば、彼は「はい！」と元気よく応えた。

「過去問は全部記憶《インプット》したんで！」

「いるっすよね～。気合と根性で暗記して、理論と常識を無視してくるやつ」

「お前も人のこと言えんだろ」

「おお～、崖《がけ》」

ちょうどその時、三人は揃《そろ》って足を止める。

目の前には、断崖《だんがい》絶壁の砂の滝。ギリギリまで近づき見下ろしてみれば、高さはざっと五十メートルほどだろう。ザァーッと砂が落ちる音は、後ろから迫るワームの音すらかき消してしまうほど。

——さて、ここらで仕舞いっすかね～。

ここから飛び降りてもワンチャン生き延びることができる。

だけど、それはモンスターに追われていないことが前提だ。

——こんな仕事を始めた以上、いつでも死ぬ覚悟はできてるっすよ……。

そう口角を上げたアキラだが……考えることは上司も同じだったらしい。

「お前らは荷物を抱えて滝に飛び込め。俺がここで引き止める」

「やだな～、そういうのは下っ端がするもんっしょ」

右手にライフル。左手にマシンガン。そんな無茶な格好をしようとするゼータの肩を思いっきり掴《つか》むも——ゼータはやっぱり眉尻《まゆじり》ひとつ動かさない。

「ここは上司に格好つけさせろ。……〝家族〟が泣くぞ？」

「副長が死んだら局員全員……いんや、全世界が泣きますね。オジサンはさっさと下がってください」

「おじ……!?　そ、そんなこと言うなら、活躍の場こそ年長者に譲るべき——」

——あら、年齢気にしてたんすか？

なんて、敵前で揉《も》めつつ笑うところではないのだが。

――これじゃあますます死なせられないな～、面倒だけど。

なんて、アキラが無理やりゼータを滝に突き落とそうとした時だった。

一番の下っ端がアキラに箱を押し付けてくる。

「荷物、持っててもらっていいですか――おれ、囮《おとり》になってくるんで」

『は？』

二人は同時に疑問符を上げた。

いや、そりゃあ死ぬのも覚悟しろなんて言ったアキラである。でも本当に任務初日の素人を見殺しにするつもりなんてさらさらない。

『面倒見ろ』と言われた時点で、その覚悟はできていた。

自分に何かあっても、この副局長なら自分の〝家族〟をそのまま路頭に迷わせないだろう。そんな確信があるから。だから安心して、アキラは自分は命を懸けられるのだ。

なんて本音を吐露する暇もなく、フェイは背中のリュックを下ろした。その顔は笑ってもなく
――心底それが当然だと、真顔で理由を述べる。

「だって、おれが狙われているんですから。おれが走り回ってくるんで、その間に二人が仕留めてください。それが一番、仕事の成功率が高いはずです」

「だけど、見習いくんを死なせるわけには――」

「足には自信があるんですよ。それにおれ、死なないんで！」

アキラの引き止めようとする手を、すり抜けて。

赤毛の少年が、ひとりでデスワームに突っ込んでいく。何回かは攻撃を避《よ》けてみせるものの……モンスターにも知恵がある。地面に潜らせていた尻尾《しっぽ》でフェイの着地地点を払っては、彼が体勢を崩した直後。

二人の目の前で、フェイの頭部が食べられた。


——差し伸ばした手を拒絶されたの、そーいや初めてかもしんない。

その光景を見た途端、アキラはそんな場違いなことを考えていた。

自分よりも年下の少年の頭が食われた。ワームの口には鋭利な歯が数え切れないほど二重に並んでいる。その歯はどんなに硬い金属でも噛《か》み砕《くだ》くと言われており……つまりカルシウムの塊である人間の頭蓋骨《ずがいこつ》だって簡単に噛み砕けるということだ。

頭の半分のところで噛まれたのは幸せだったのか、不幸だったのか。少なくとも、ギリギリまで避けようとした彼の努力が目に見えて。

その瞬間、アキラは思わず顔を背けた。短い付き合いだったとはいえ——自分が手を差し伸べた人間の頭から、脳みそが飛び出る瞬間を直視する度胸はない。

もっと強く彼の手を掴めていたら。その後悔ばかりが脳裏を駆け巡る。

「——ちっ！」

背後からは、ゼータの舌打ちと共にライフルの発砲音が聴こえた。

——動かなきゃ。

囮になって死んでいった見習いのためにも、自分は生きて仕事を完遂しなければならない。そしてまた、誰かの靴の代わりに荷物を運ぶのが——〈女王の靴《レギーナ・スカルペ》〉の責務。

ゼータの一撃で、デスワームは大きく仰け反っていた。頭部を撃ち抜いたのだろう。だけど、ワームの本当の急所は背後にある。頭部と胴体の分かりづらい継ぎ目。その間にある核を仕留めない限り、ワームは永遠に動き続ける。ゼータお得意の遠距離射撃では、高低差がない限りとてもじゃないが狙えない位置。こんな砂漠だとワームを滝の下に落としでもしない限りは無理だろう。

——それを撃ち抜くのが、オレの役目。

アキラも黙って、大きく迂回《うかい》する。背中を取ったアキラは、ワームの動きが鈍いうちにその身体《からだ》をよじ登ろうとするも。ワームが再び大きく頭を動かす。

「ちょっ、もっとゆっくり休んでろって——」

落ちないように胴体の節目をなんとか掴むも、

「え？」

その光景に、アキラは思わず目を見開いた。

眼下では、頭を半分失くしたフェイが、今もワームの激昂《げきこう》から逃げ回っているから。アキラは特別視力が良いわけではない。それでもフェイの頭は明らかに上半分が欠けている。その中に見えるのは色とりどりのコード。

「ふ、副長⁉」

「見ている！　とりあえず――撃て！」

「あーいあいさっ」

――あーもう、何がなんなんだか。

アキラは思わず口角を上げて、その手に力を込める。「よっ」と反動でワームの背中を登ってい き、節の間に埋まったこぶし大の赤い鉱石を確認して。

「見ーっけ！」

ヒップホルスターから愛用銃《デザートイーグル》を引き抜き、トリガーを引こうとした瞬間。ワームがこれでもかと大きく頭を揺らした。

「おぉーっと」

とっさにトリガーを引くも、着弾はわずか右に逸れる。しかも爆撃の反動でアキラも飛び降りざる得ない始末。それでも、目の前ではフェイが砂に足を取られていたから。アキラはがむしゃらにマグナムを全部ぶっ飛ばしてから、フェイに駆け寄る。

「もーっ、大丈夫っすか⁉」

アキラは再び手を差し出す。フェイの頭からは、やっぱりカラフルなコードが飛び出していた。その奥には、たまにチカチカ光るスイッチ的なものや、メモリーチップ的な機械構造が覗《のぞ》いていて。

――おおう……。

とは思うけれど、だからといって一度出した手を引っ込めるつもりはない。

そんなアキラに、片足が砂に埋まったフェイは無表情で尋ねてきた。

「あの……これ、怖くないんですか？」

「そりゃあ、不気味っすよ……てか、何その無愛想」

顔どーしたの？　と訊《き》けば、「電脳部分は身体のあちこちにスペアがあるんですけど、表情筋動かす部分が完全にやられちゃいまして」とまったく隠す気のない答えが返ってくる。

――ま、今更誤魔化されてもこっちが困るってなモンだけど。

「ふ〜ん」

機械の後輩。死なない後輩。

普通はフェイの言う通り、もっと怖がったりするのだろう。

だけど、アキラからすれば。

――別に何か変わるっすかね？

ただ、自分が面倒を見なければならない後輩が砂の中に埋もれている。

彼の雇用が変わるならともかく、現状『後輩』という事実は変わりないのに、わざわざ人間か機械かで対応を変える方が『面倒』ではなかろうか。

――壊れかけても健気《けなげ》なゴミなんて、余計に見捨てられないしね。

だから、アキラは今度こそ問答無用でフェイの腕を引っ張る。

「これは先輩命令だけど――死ぬことも壊れることも、オレは許さないっすからね」

「それは絶対ですか？」

「そうっすよ、フェイくん！」

アキラが初めて名前を呼んだことに、彼は気がついたのだろうか。

頭を半分失くした見習いは無表情ながらも、敬礼する姿が嬉《うれ》しそうに見えた。

「了解しました、アキラ先輩っ！」

◆

ゼータは上司として、部下の性質を正確に把握する必要がある。

その中で、アキラ＝トラブルカには大きな悪癖があった。

本人が気が付いているかは定かではないが……目の前の困っている人に必ず手を差し伸べてしまうのだ。よく『面倒』と口にしているのも、ほとんどが自業自得。たとえ自分に利がなくとも。損するだけであったとしても。己の命が危ぶまれることになろうとも。

彼は誰かを助けずにはいられない。普通であれば、それは『善行』と呼ぶべきことなのだろうが……それで要らぬ苦労をしているなら、ただの悪癖だ。ゼータはそう思っている。

その悪癖を利用して、後輩の面倒を見させているのもゼータなのだが。

「じゃ、とっととミミズくん仕留めちゃいますか。もう足取られないでくださいよ、フェイくん？」

「演算機能が若干衰えてますが……おそらく大丈夫です！　あのワームの動きも砂漠での動き方も覚えました！」

「そりゃあ、たくましい！」

その若人たちのやり取りに、あくどい上司ゼータはこっそり嘆息する。

——いや、たくましいのはお前だろう。

だけど、窮地に立たされたアキラは強い。

それは育った環境ゆえか、はたまた若さゆえか——どちらにしろ彼の適応能力は副局長《ゼータ》を上回る。

後輩が本物の機械人形《オートマトン》だと発覚したのに、あの動じなさはなんだ。

——俺はあいつの話、まったく信じていなかったぞ。

無表情を装いつつも内心ビックリしているゼータとしては、若者の適応の早さに眩暈《めまい》がするくらいだ。

「おーい、副長！　フェイくんに滝に飛び込んでもらうんで。核は狙えるっすよねー？」

「……俺を誰だと思っている！」

それに、この突発的に提案してくる作戦立案力。フェイも意外と元気そうとはいえ、頭半分食われたやつをさらに囮にするつもりらしい。その遠慮のなさにもビックリである。

——やっぱり俺、歳なんかな。

ひっそりと肩を落としながらも、ゼータ＝アドゥルだって年長者、そして副局長としての意地がある。部下が提案してきたアイデアを、実現させてやるのが彼の役目。

頭を半分失くした見習いが、力強い足取りでまっすぐ滝へと駆けていく。

速すぎず、遅すぎず。それはデスワームがちょうど付いていけるくらいの速さで——赤毛の代わりに頭からコードをはみ出した少年が、砂の滝底へと飛び込んだ。

それとほぼ同時に、砂色の髪をした部下が滝の横の岩肌を滑り下りていく。見習いが食べられないよう、側頭部にマグナムを撃ち込みながら。

「無茶苦茶すぎるやつらだな」

そんな若人たちを見下ろして。

ゼータは滝の上にひとり立ち、片手でライフルを構える。デスワームの後頭部付け根にキラリと光る赤い石。片目で狙い、それを――

「チェックメイトだ」

撃つ。反動と共に、ゼータの藍色《あいいろ》の尻尾が大きく揺れた。

核を砕かれたワームなど、ただの巨大な虫の死体。どすんっと砂の池を巻き上げて。風に溶けるか、獣に食われるのが早いか――それはゼータの知ることではない。

ただ、彼にとって興味があることは――

眼下の滝壺《つぼ》から顔を出す見習いと、滝の横の崖《がけ》からなんとか着地した後輩。

それと己の足元で転がっていた木箱、それのみだ。

「こんな時まで慌ただしくてすまんな」

ゼータは詫《わ》びを入れながら、その荷物を丁寧に持ち上げる。

「なるほど、身体自体が機械だからワームに付け狙われたってわけか」

「はい……すみませんでした」

ワームの遺体から少し離れた、オアシスとも呼べないちょっとした木陰で。

三人はわずかな休息を取る。

その中で、珍しくアキラが挙手をした。

「オレは彼の〈運び屋《スカルペ》〉正式採用に反対です」

その前のめりな真面目な顔に、ゼータは淡々と対応する。

「その理由を述べよ」

「だってフェイくんが参加する配達は、どんな荷物だろうと否応なくSランク任務になるわけっすよね？　そんなの理不尽じゃないっすか。命がいくつあっても足りないっすよ！」

「まぁ、ごもっともな意見だな」

ゼータはまるで悩んでいるように顎《あご》を撫《な》でながら、フェイに視線を向ける。

「と、いうのが先輩からの意見らしい。それで、お前はどうする？　先輩はお前の命がいくつあっても足りないと心配してくれてるぞ？」

「なっ⁉」

突如顔を赤くした年相応に可愛《かわい》い『センパイ』に、ゼータは薄《うっす》ら笑みを浮かべつつ。

ゼータは管理職としてフェイに提案する。

「お前の筆記試験の成績なら、内勤の事務職として雇うことも可能だ。むしろ機械なら計算なども得意だろうし、書類も一度覚えてしまえばミスしないいんじゃないのか？　そんな人材は正直喉《のど》から手が出るほど欲しいが――」

「その命令は承服しかねます」

フェイは真顔のまま、淡々と拒絶してくる。

直球すぎる否定に本人もまずいと思ったのだろう。慌てて言葉を並べ立ててくるも、やっぱり表情は動かない。

「すみません。でも、おれは〈運び屋《スカルベ》〉になりたいんです。もちろん先輩のお心遣いは大変ありがたいのですが、それ以外の任務は受けられません」

「……だ、そうだ」

それをゼータは嘆息ひとつで流して、再びペットボトルの蓋《ふた》を開けた。

「おいアキラ。〈女王の靴《レギーナ・スカルベ》〉の従業員募集要項を覚えているか?」

「いきなりっすね」

やけっぱちか。水をがぶ飲みしたアキラは、腕で雑に口を拭《ぬぐ》って。視線を斜め上に向ける。

「え〜と、たしか『体力と根性に自信があるやつ、仕事に命を懸けられるやつ、口の堅いやつ、とにかく金が欲しいやつ』……とかでしたっけ?」

「そうだ!　……俺は断じて〝人間であること〟という条件を課していない。そもそもエントリーシートでこちらが記載させてないんだ。それを理由に雇用の見直しはできないな?」

ゼータが横目で見やれば、フェイは無表情ながらも目を少しだけ見開いていて。

だけどそんなことより、ゼータにはもっと言うべきことがある。

「そんなことより、どうして荷物を手離した?　俺は言ったよな?　お前の仕事はこの荷物を死守することだけだと！」

「ですが演算結果では、おれが狙われている以上、あの場合では荷物をあなた方に任せる方が破損確率が少ないと――」

「喧《やかま》しいわ。俺は・お前が・死守しろ、と言ったんだ。チームにおいて、リーダーの命令は絶対！わかったか⁉」

横から「でもさっき作戦司令下してたの、オレな気がしますけど？」と歯を見せて笑う部下を、ゼータは飲みかけのペットボトルで軽く小突いて。

そして再び蓋を開けながら、フェイに尋ねる。

「ところでその頭、どうやって直すんだ？」

「それは現在、自動修復機能が働いているので。このまま言語機能以外の機能を停止させてもらえれば、あと十分くらいで全工程完了します」

「じゃあ、寝ていていいから五分で直せ」

「わかりました」

そして、フェイは目を閉じる。すると、本当に急に割れた頭がごちゃごちゃと動き出した。奥の方で光が明滅し、パチパチと音がしたり、コードがぎゅんぎゅん伸びたり縮んだり……さすがのゼータも目を逸らす。機械だとわかっていても、なんかグロい。

「さて、この間に」

「……フェイくんの処遇っすか？」

アキラからの指摘に、ゼータも水を飲みながら答える。

「正式採用かどうかは従来通りだ。二か月間のこいつの働きぶり次第だが――」

「え、まじでこのまま採用試験続けるつもりなんすか？」

「まぁ、反対するやつも当然いるだろうが……このまま一番隊で面倒見る分には問題ないだろう。一番反対するだろうお前がオーケーだしたんだから」

「オレ立派に反対意見を出したつもりなんすけどね～」

アキラの眉間《みけん》にこれでもかと皺《しわ》が寄せられるも、反対の理由が『機械人形《オートマトン》』の身の安全なんて理由なら反対にもならない。だって当の本人が『それでもなりたい』と言っているのだから。それで死亡したところで、別に弔慰金を払わなくていい社則だ。

「まぁ、そんなことより――」

ゼータは顎に手をやり考え込む。機械人形《オートマトン》――それは百年以上前に研究が中止された、過去の遺物。それがどうして今になって？　秘密裏にこっそり開発が進んでいたのだとしても、それを公にして良いはずがないだろう。問題点は数多くある。

――とりあえず、今解決すべきことは……。

そう思案に区切りをつけたゼータは、顔を上げた。

「機械人形《オートマトン》って何を食べるんだ？　今日の歓迎会はオイルでも注《つ》いでやればいいのだろうか？」

「………………アドゥル副長」

少し長い沈黙のあと、アキラは真面目な顔で言ってくる。

「めちゃくちゃ可愛いっすね」

「ほっとけ！」

ゼータは容赦なく、アキラの頭を空になったペットボトルで叩《たた》いた。

ばこんっとした愉快な音が砂漠に響いても。

目を閉じた機械人形《オートマトン》の見習いは、もう少しだけ起きそうにない。


「よし、着いたぞ」

そうして夕刻にたどり着いたのは、砂漠を越えた先にある小さな村だった。

ここは本当にオアシスと呼んでよい場所だろう。小さな湖があり、その周りに小規模な商店や住宅地が見受けられる。それでも、住人は百人いるかいないかくらいの規模だが。

ゼータはアキラに問いかけた。

「お前の故郷もこんな感じか？」

「ここに比べたら、それこそ地獄みたいな場所っすよ」

「——と、言うことだ。つまりお前も、そのうち何食わぬ顔で地獄へも配達に行かなきゃならん。覚悟はできているか？」

その問いかけに、すっかり髪の毛まで元に戻した（ゼータの忠告を聞かず、爆発する長さまで戻した）フェイはニカッと歯を見せる。

「何も問題ありませんよ！　初めからおれには〝感傷〟という概念がありませんので」

「あれ？　でも、砂漠に着いた時は『砂漠きれいですねー』的なこと言ってなかったっけ？」

その問いかけに、フェイは〝後輩らしく〟頬を掻《か》く。

「あれは人間に受け入れやすい『見習い像』を真似《コピー》してたんです。今もそうしているのですが……どうですか？　見習いらしく振る舞えていますか？」

フェイの表情は、元の豊かなものに戻っていた。

その苦笑する姿も、とても親しみあるものだ。後輩らしい、少しあざといくらいの可愛らしさ。

もしかしたら、その爆発した髪型も計算ずくなのかもな……などと思いながらも、ゼータは目を丸くするアキラに全てをぶん投げる。

「――だ、そうだ。良かったな。こいつが正式な後輩になったあかつきには、お前の望み通りの後輩を演じてくれるぞ」

「わーい、やったー……て、オレが本気で喜ぶと思ってるんすか？」

「お、見えたぞ」

そんな雑談しながら、ゼータが顎で指した一軒の家。

まわりと同じく砂のタイルで作った家屋に、木製の扉がついている。

「お前はとりあえず後ろで見てろ」

「あのスカーフ落としてないっすか～」

扉をノックする前に。

ゼータとアキラは手慣れた様子でストールを外し、黒いスカーフを巻き直す。

フェイもジャケットのポケットから同色のスカーフを取り出しつつ、小首を傾《かし》げた。

「これにはどういう意図があるんですか？」

「ただでさえうちの制服は派手だからな。せめてもの慎みだ」

「なる……ほど？」

その習慣は、外であまり知られていることではない。

噂では広まっているかもしれないが……どこからともなく流れてきた機械人形《オートマトン》は耳にしたことがなかったのだろう。

黒を身に着けた〈運び屋《スカルペ》〉が、何を運ぶのか——

ゼータは扉をノックする。

「マルザークさん、お届け物です」

ワンテンポ遅れてから、「はーい」と奥ゆかしい声がする。

それからまた少しして、扉が開かれるのを待っていると。出てきたのは初老のご夫婦だった。

〝お届け物〟なんて滅多にないから驚いてか、それとも待望だったのか——どちらにしろ、キラキラした目で周囲を見渡している仲睦《なかむつ》まじいご夫婦に、ゼータは胸が締め付けられるような思いをしながら。淡々と仕事を続ける。

「マルザークご夫妻でお間違いないでしょうか？」

「あの、届け物って——」

「ご子息のレテくんには、大変お世話になっておりました」

視線を伏せてから、ゼータはフェイに小声で「渡せ」と命じる。それにフェイも一瞬目を見開きながらも、「こちらです！」と元気な声で、両手で献上するように差し出しながら頭を下げていた。

その横のアキラはこの後の展開を察してだろう、神妙な面持ちで奥歯を噛《か》み締《し》めている。

それなりに大きな箱を受け取った男性は、婦人と顔を見合わせて。

二人は覚悟したのだろう。今にも泣き出しそうな婦人の肩を支えつつ、男性がまっすぐにゼータを見上げる。

「今開けても……宜しいでしょうか？」

「はい、勿論《もちろん》です」

「では狭いですが、中へどうぞ」

そうして家の中へ入れてもらえば、外観通り小綺麗《こぎれい》なお宅だった。使い込まれつつも、埃《ほこり》一つないダイニングテーブル。小棚の上には写真立てが置いてあった。赤いストールを巻いて嬉《うれ》しそうに笑う青年に寄り添う、ご夫妻の姿。

二人が箱を開けている間。その場で立ちすくむフェイに「少し下がれ」と命じつつ、ゼータもただ、その時を待つ。

箱を開け、二人が息子の無残な頭部と対面し――わぁっと泣き出す、その瞬間を。

「このたびはお悔やみを申し上げます。レテ＝マルザークくんは、とても勇敢な局員でした」

ゼータが頭を下げると同時に、後ろに控えていたアキラも同様に動いたのが察せられた。ワンテンポ遅れてから、フェイも同じように動いたようだ。その顔に動揺を浮かべていないのは、優秀というべきか。それとも配慮が足りないとあとで忠告するべきか。

だけど今は、ただただ待つのみ。

息子を亡くしたご両親からの叱責や恨み、やり場のない気持ちの捌《は》け口となるのを。それが業務中に部下を殺した、自分の責務なのだから。

しばらくしてから、ご婦人が顔を上げる。

「あの……レテは、どのような最期を？」

「……森のフェンリル型モンスターの大群に追われた際、ひとり囮《おとり》となり我々と荷物を無事に逃してくれました。合流地点になかなか現れず、落ち着いてから戻ってみたところ……残っていたのは、モンスターの残骸《ざんがい》と彼の頭部のみでした。おそらく身体《からだ》はモンスターに食いちぎられ、あちこちに散在してしまったんだと思われますが、配達場所がさらに遠隔だったため、我々もゆっくりと探していられず……」

「そう……ですよね。そういうお仕事、ですもんね……」

レテ＝マルザークはゼータのチームで、前衛を務めていた青年だった。

アキラと同じ年に入職しつつも、彼よりも年上で二十三歳だったという。このオアシスの村で質素に暮らしていたのだが、その前年は日照り続きで湖が干上がってしまいそうになり、村を救うために一念発起したというのが、彼の応募動機だった。

そして入職してから稼いだ給金のほとんどを両親に仕送りし、村の再興にその多くが使われたという。その努力がこうして実を結び、これからは自分も少しだけ贅沢《ぜいたく》して、両親にももっと贅沢させてやろうと――そんな矢先に、彼は死んだ。

とても前向きで、勇気のある、責任感の強い青年だった。

そんな彼を育てた両親はやはりできたひとなのだろう。

ゼータらを一切罵《ののし》ることはなく、感謝を述べてくるのだから。

「うちの愚息を連れてきてくださり……本当にありがとうございました……！」

「……それでは、私たちはこれで失礼します」

嗚咽《おえつ》しながら頭を下げ続けるご夫妻をあとに、ゼータは二人を促して外へと出る。

扉を閉めた途端、家の中からは咽《むせ》び泣《な》く大きな声が聴こえた。


その帰路で、アキラはポツポツと話していた。

「レテくんは……オレの同期入職だったんすよ」

同期入職の同じ隊員として、二人は傍《はた》から見ても仲が良かった。

元が貧乏の苦労人同士として気が合ったのだろう。戦力的にもアキラが機転の利く中衛タイプで、レテが体力と速さ自慢の前衛タイプと、とても相性が良かった。

「とてもよく食うやつでね。いつもオレの飯を隙を見てはかっぱらおうとしていて……どうせタダなんだから、普通におかわり貰《もら》えばいいのにさ。わざわざオレの皿からオレの好物ばかり取っていくんすよ。一人っ子だったから、こういうのをやってみたかったんだって。笑って……」

そんなん最悪なアニキじゃないっすか、と苦笑するアキラの感想にはゼータも同意するけれど。

それを聞くフェイの感想は違うらしい。

「いいですね！　おれも先輩のご飯を奪っていいですか？」

「……ねぇ、フェイくん。今、けっこうセンチメンタルな話をしていたつもりなんだけど」

空気を読まなすぎるフェイの返しに、さすがのアキラも呆《あき》れたらしい。それでもかなり優しい返答だが……フェイには十分伝わったようだ。

「あ……すみません。理想的なチームメイトの話じゃなかったんですね……」

また記録し直さなきゃ、としょぼくれるボサボサな赤毛をゼータは帽子越しにぼすんと潰《つぶ》す。その顔は「くくっ」と笑っていた。

「いいぞ、アキラの飯から食って良し！　狙い目は唐揚げ。こいつの好物だからな」

「あ～ずるいっすよ副長！　フェイくん、副長の皿からはヤングコーンを取るといいっすよ！　サラダに入ってるやつ。副長大好物なんすよ。ほんと可愛《かわい》いっすよね」

「なっ、ヤングコーンを馬鹿にするなよ⁉　普通のコーンに比べてヘルシーなんだからな！」

「ヘルシーとか、女の子じゃあるまいし！」

ほんとかわいい～、と。それこそ女子のように言ってくるアキラの頭を「お前こそ生意気でかわいいな～」と痛がるくらい強く撫《な》でてやって。

まぁ、雑談はこのくらいにして――と、ゼータは足を止める。

「さっきの〝荷物〟を見て、どう思った？」

「……マルチに富んだ品だなぁ、と」

ゼータはその回答にまた吹き出す。機械なりに色々考えた結果の答えだったのだろう。とてもズレた回答ではあるが、彼なりの気遣いが透けて見えて……ゼータは嫌いではない。

「お前、そういった返答は初めからインプットされていたのか？」

「いいえ、入職するまでの五年間で学びました。知識試験の知識はあっという間にインプットできたのですが、そもそも試験を受けられるようになるまでが難しくて。街で暮らす人や働く人の情報を延々とインプットして、そこから『理想的な新入社員像』を演算、構築したのが、今のおれになります」

「今はその『理想的な新入社員像』とやらはどうでもいい。お前の言葉で話せ——なぜ、機械のお前が〈運び屋《スカルベ》〉になりたいんだ？」

フェイの後ろで、アキラがニヤニヤしているのが見えた。

——クソ、やりにくい。

だけど今後チームを組むなら、決意を聞いておいて損はない。

フェイは緊張しているのか、そう見せているだけなのか。唾《つば》を飲み込んでから話し出す。

「……おれは、〈失敗作《フェイリア》〉だから。信号で笑うことはできますが、『涙を流す』という行為ができません。そもそも悲しみ、というものがわからなければ、〈しあわせ〉というものが何なのかもわからないんです。数字で表せない〝感情〟というものが、理解できません」

機械人形《オートマトン》は語る。

機械が演算回路に抱いたという、感情の色を。

「だけどおれは、あの時〈しあわせ〉のような何かを感じたんです。あの研究所から、助け出してもらえた時——本当に幸運が訪れたと、女神に感謝するという気持ちが理解できるくらいに」

ゼータはその時に彼を助けた〈運び屋《スカルベ》〉などではない。これでも、無理はしないタイプである。そんな怪しげな研究所など、よほどの金を積まれない限り足を踏み入れないし、仲間にも踏み入れさせない。踏み入れたとしても、そういう場所は最低限の用だけ済ませて、早急に立ち去るべきだ。

「だから、おれは〈運び屋《スカルベ》〉になりたいです。あの時おれを助けてくれた、あの人のように……そして、あの時のツケを返したい。おれの〈しあわせ〉な姿を見せたいんです！」

そして、健気《けなげ》な見習いは深々と頭を下げた。

「おれは〈女王の靴《レギーナ・スカルペ》〉で働きたい！　働かせてくださいっ‼」

そんなリスク管理ができる大人ならば、こんな機械人形《オートマトン》など切り捨てるべきだ。人員が……足りているわけではないが、それでも求人をかければ募集はやまほどやってくる。

ただ採用を絞っているのは、すぐに死なれてはさすがに良心が咎《とが》めるため。だとしても、機械を食べるモンスター退治の運び屋で機械を雇う——明らかに無謀が目に見えているだろう。本採用は見送るべきだ。

それでも、機械が憧《あこが》れるほどの光を見せる存在に、一つだけ心当たりのあるゼータは——やっぱり厄介な見習いを切り捨てることができなかった。

「俺らが運ぶのはそんな可愛い物ばかりとは限らん。今日みたく、ひとを悲しませる物を運ぶ時もあれば、ひとを不幸にする物を運ぶ時もある。それこそ数百人を殺す毒物を運ぶことも……それでも、お前は贔屓《ひいき》せずに、それこそ機械のように職務を全うできるのか？」

「それでもおれは入職したいです。〈運び屋《スカルベ》〉になって——多くの人にしあわせを届けたいですから！」

砂漠の中で彼が即座に導き出した眩《まぶ》しい解答に、ゼータは小さく嘆息した。

「うちは退職金もない。労災もなければ、お前が死んだからって一切何もやらん。死んだら終わりだ。死んだ後のことを考えるやつは、うちには要らん。毎日楽しく喋《しゃべ》って、笑って食って、クソして寝ろ。それ以外の時間はとことん働け。お前の人生は靴になる。常に誰かの足代わりだ。そこにお前の人権はない——代わりに、金なら欲しいだけくれてやる！　わかったか‼」

一気に捲《まく》し立《た》てた、クソほどどろくでもない社風に、

「はいっ！」

と、機械人形《オートマトン》は元気よく返事をするから。

ゼータは「よし！」と受諾してから踵《きびす》を返す。

頭の中では歓迎会のメニューを考えながら……もう一つ新たな疑問が生じていた。

——こいつは金を貰ったとて、一体何に使うのだろう？

「えー、そういうわけで、今年の見習いのフェイ＝リアは機械人形《オートマトン》だった。まぁ、元から変なやつだったのが、とてつもなく変なやつになったくらいの差だ。気にせずテキトーに扱《しご》いてやってくれ」

〈女王の靴《レギーナ・スカルベ》〉に戻ってきたのは、日が暮れた頃だった。

その後、ご馳走《ちそう》が並ぶ食堂でそんな他己紹介をするゼータに、局員たちの反応は朝とほとんど同じ無反応・無関心かと思いきや――

「ちょーっと待ったあああああ！」

めちゃくちゃ反応を示した男が一人。フェイの同期となる見習いのミツイ＝ユーゴ＝マルチーニである。クールな見た目と裏腹に声がデカい見習いに対して、ゼータは淡々と視線を向けた。

「はい、この場で一番発言権が弱いであろう見習い一号」

「どーして俺の発言権が弱いんだ⁉」

このアガツマの街を牛耳るマルチーニ食品会社の御曹司として不服なのだろう。実際、マルチーニ食品を敵に回したら、この街で生きていけなくなるが、ゼータは部下に弱気な態度を見せない。

喚《わめ》くミツイをジーッと見つめていると、先に怖気づいたのは彼の方だった。

「あ、甘んじて先輩方より立場が低いのは認めよう！　だが、見習いは今年三人……当事者であるその機械を抜かして二人いる。彼女と俺は同じ立場であるかと――」

「だけど、お前は男だろう？」

「もちろん」

「俺は男より女が好きだ」

ゼータはきっぱり言いのける。

ゼータに男色の気はない。性的嗜好《しこう》を向ける対象は自分と対する女性のみである。同期のニコーレの母性溢《あふ》れる胸部に、鼻の下を伸ばしていたミツイも同様だろう。

だからこそ、ゼータは堂々と正論をぶつけた。

「男と女が同じくらい困っていたら、俺は迷わず女の方を助ける。生まれ持った平均的な体力や筋力の差など理由を述べようと思えばいくらでも論ずることができるが、行き着く先は一つ——俺は女が好きだ。男の発言と女の発言、俺は迷うことなく女の発言を優遇しよう」

時と場合によっては、当然問題が生じかねない発言だが……ここは現在ゼータ＝アドゥル副局長が治める職場〈女王の靴《レギーナ・スカルペ》〉である。すなわち女王が不在の今、ゼータが神。最高責任者。ゼータの言葉こそが、この職場での法律である。

そんな神《ゼータ》はあからさまに同意したいが同意できないといった様子のミツイを無視して、話題に上った女性に話を振る。

「さて、見習い一号が言うには同じく発言権が弱いらしい見習いニコーレ。お前は機械人形《オートマトン》の同僚をどう思う？」

ニコーレは今までのやり取りにまったく気にする素振りもなく、マイペースに頬に手を当てる。そして腕を組むといったポーズで無意識に胸部を強調させながら、彼女は渦中のフェイに尋ねた。

「フェイ君……あなた自身が機械ってことは、荷物よりもあなたが狙われることもあるってことでしょう？　正直、どんな配達でもあなたが一番危ない立場になると思うの。本当にいいの？」

「はい！　覚悟はできていますっ！」

「なら、別にいいんじゃないかしら？」

即答したフェイに、「わたしも無理がない範囲で応援するわ」と穏やかに微笑《ほほえ》むニコーレ。その

笑みもまた母性が溢れている。

——やっぱり女はいいなぁ。

そんな感情をおくびにも出さず、実際は恋人の一人もいないゼータは声だけ大きな見習いに話を戻す。

「さて——見習い一号改め、男のミツイよ。お前の同僚の女性がそう言っているが、お前はまだこの場の最高責任者である俺の決定事項に異論を唱えるのか？」

「ぐぬぬ……」

この「ぐぬぬ」を引き出すまでに時間がかかったが……ゼータは気にしない。教育とは最初が肝心なのだ。この丁寧な教育がのちの部下の成長および自分のラクに繋《つな》がる。

そう……最初の根回しや言質《げんち》は大事なのだ。

「一応、他の者にも聞いておこうか。こいつの入職に反対するやつはいるか？　特に一番隊。最初はもちろん俺が同行するが、遠からず仕事を共にする機会も出てくるぞ」

つまり、あとから文句は言わせんぞ——と。

そう言い含めて自ら直接管理する隊員に尋ねれば、彼らはやっぱり興味なさそうに答えた。

「囮《おとり》に最適なら、むしろ配達がラクになるのでは？」

「どうせアキラが面倒見るから問題ない」

「がんばってね〜ん♡」

その中で名前の挙がったアキラのみ「やっぱりオレなんすか⁉」と声を荒らげる。すでに「やっぱり」という時点でその気だったんじゃないかとゼータは内心ほくそ笑むも、大人としてそれは顔に出さずに「話は終わりだ」と両手を二回叩《たた》いた。

「それじゃあ、馳走を前に時間を取ってすまなかったな――全員、ジョッキを持てぃっ！」

その掛け声に、全員が「ようやくキタ！」と威勢良く立ち上がった。

それは先輩方のありがたい激励を受けて「なんか今朝も同じようなこと言われたばかりなんすけどねぇ」と感謝を述べるアキラも同様である。

ちなみに、この〈女王の靴《レギーナ・スカルペ》〉内では飲酒に年齢制限は付けてはいない。アガツマの街自体の法律では二十歳以上となっているが、この建物内を管理しているのはゼータだ。繰り返すがゼータが神。みんなが酒を飲んでいるのに、一人だけ飲めないとか可哀想だから『飲酒は自己責任でＯＫ』としている。外で言わなきゃいいのだ、そんなもの。

そんな盛り上がりを見せている一方、ゼータの隣にいるフェイもワクワクを隠しきれていなかった。絡まれているアキラを見たり、テーブルの上にたくさん置かれたオードブルを見たりと、視線が忙しそうだ。

そんな見習いに、ゼータはこっそりと聞く。

「……お前は何が食べられるんだ？」

「あ、お気遣いありがとうございます。飲食物などを取らなくても動力は問題ないのですが、擬似的消化機能と味覚判断機能も備わってますので。何でも食べられます」

「そうか。それならよかった」

本当によかった。これだけ用意して、やっぱり本日の主役の一人に「オイルしか要りません」と言われたら、ゼータは少しだけショックを受けていた。調理担当にも悪い。ちなみに念のため、ゼータは最高級エクストラヴァージンオリーブオイルも用意していた。

そのオイルは自分がサラダにかけて食べようと決めて。

ゼータは「コホン」と皆に向けて咳払《せきばら》いをする。

「それじゃあ今日も皆、業務ご苦労だった。見習い歓迎会だ。とにかく全員飲んで食え。乾杯っ！」

『かんぱ〜いっ‼』

そうして始まった歓迎会。

そんな広くない食堂にひしめき合っているのは五十人ほど。遠隔配達でいない局員もいるのにこんなにいるのは、アキラの家族がわいわいと馳走になりにきているからだ。

アキラの家族は、全員血が繋がっていない。話によれば流れに流れてアキラが身寄りのない子供を次々と世話することになったらしく……現在『家族』は総勢七人まで増えているという。

とても気持ちのいいガキどもだ。いつも馳走になった後は、皿洗いなどそれぞれができることを手伝ってくれていると報告を受けている。もう少し大きくなったら、それぞれ清掃員や調理補助として雇ってやってもいいかな、とゼータは考えていた。〈運び屋《スカルペ》〉は……アキラが反対するだろうから。

そんな男女年齢幅広のガキども七人が「副長おつかれさまで〜す」とサラダの皿からヤングコーンだけをゼータに取り分けて差し出してくる。少し向こうではアキラが「いい子たちっしょ？」と言わんばかりのドヤ顔をしていた。

——あとで覚えとけよ。

それでもガキに罪はないから「ありがと〜、おじさんすごく嬉《うれ》しいよ〜」と猫撫《ねこな》で声《ごえ》で話している間に——フェイもフェイで、先輩局員から色々と絡まれていた。主にゼータの悪口を吹き込まれているようだが。その隣で「だがしかし！　俺は納得したわけではないからなっ！」と息巻くミツイを、彼の所属する二番隊隊長のゴーテルが宥《なだ》めてくれている。ニコーレはニコーレで、同じ隊の女性〈運び屋《スカルペ》〉と仲良く談笑をしているようだ。

そんな楽しげな光景を尻目《しりめ》に、ゼータは最高級エクストラヴァージンオリーブオイルをかけた山盛りのヤングコーンをたらふく頬張る。


「そうだ——帰る前に」

馳走の皿のほとんどが空になり、小さな子供たちがせっせと片付け、大の大人たちがそれを無視して帰ろうとしている中。ゼータは見習いのフェイに声をかける。

「何でしょう？」

——これは、本当に俺の手に負えるのか？

初めて配達を行い、モンスターに頭を食われ、歓迎会でも先輩たちに揉《も》まれた彼の表情に疲れの色はない。そんな見習いに一抹の不安と恐怖を覚えながらも、ゼータも己の願望のために、彼に胸元から取り出した銃を渡す。

「忘れないうちに、これを渡しておく」

差し出したのは一丁のハンドガン。

新しいわけではない。といっても、きっちり手入れは施している。

「これは今日運んだレテ＝マルザークの装備だった。種類は自動拳銃《オートマチック》ベレッタ92。総弾数十五発。至ってよくある拳銃で、使い勝手も良好。手入れが少々面倒だが、とにかく連発して場を攪乱《かくらん》するのに最適な前衛……囮にはもってこいの銃だ」

そのグリップ部分に刻印がしてある。女性のハイヒールを模した刻印は、まさに〈女王の靴《レギーナ・スカルペ》〉の証。

「おれに……銃をくれるんですか？」

「少なくとも、この二か月間はしっかり働いてもらうんだ。武器もなしに『何でもない場所』を歩かせるつもりはない」

そう告げると、フェイが顔を上げた。若人らしい、キラキラした嬉しそうな顔。そんな彼に「試用期間でクビになれば、当然返却してもらうがな」と告げても、表情が曇ることはない。

だから、副局長ゼータも口角を上げる。

「ようこそ〈女王の靴《レギーナ・スカルペ》〉へ――お前が壊れるまで、使い倒してやる！」

「……はいっ！」

第二章　先輩は今日も手を差し伸べる

〈女王の靴《レギーナ・スカルペ》〉に入職するまでの五年間。フェイはずっと路上暮らしをしていた。暑さや寒さも感じない。空腹も感じない。雨に濡《ぬ》れてもメンテナンス機能は十分備わっている。フェイはただひたすら、路地の片隅に座って行き交う人々の情報をインプットしていたのだ。

人間は、どんな時に笑うのか。

人間は、どんな時に悲しむのか。

どんな時に怒って、どんな時に泣くのか。

年代、性別、身長、体格、諸々から統計を取って、ありとあらゆるデータを記録し続けた。

そこで概ねわかったことは、この町の住人は他人に対する関心が低いことだ。

何日も、何年も同じように座っているフェイに声をかけてきた人数はとても少ない。

ましてや自分を助けるために手を差し伸べてくる相手など、自分を救ってくれた〈運び屋《スカルペ》〉以外、誰もいなかったのだ。

〈女王の靴《レギーナ・スカルペ》〉に入職するまで――は。

◆

「認めないっ！　こんな結果、俺は絶対に認めないぞ～～‼」

今年入職予定の見習いの一人、ミツイ＝ユーゴ＝マルチーニは〈女王の靴《レギーナ・スカルペ》〉内の掲示板の前で熱く叫んでいた。

この掲示板は特に変わった代物ではない。近日の予定表や連絡事項など、職員に対する伝達項目が掲示されているだけのものである。その中で、ミツイが頭を抱えている掲示物が一つ。

それは見習いの《星集め》の進捗《しんちょく》状況だ。

それもどうってことはない。白くて大きな模造紙に参加している三隊の列がある。一日の終わりに、副局長ゼータ＝アドゥルが結果に応じて星のシールを貼っているのだ。

見習いが担当した配達の難易度がＮｏＭ《機械ではない》だったら基本一つ、Ｃランクだったら二つ、Ｂランクなら三つ、Ａランクなら四つ、Ｓランクなら五つ。

基本と前置きするのは、昨日の配達任務のようにデリケートな品物だったり、特殊な事情があるなら、ゼータの裁量で加点されるからだ。

現に昨日は三チームとも同じように過去退職した職員を運ぶ仕事だった。初日だったということもあり、無事に配達ができたなら三点の加算となっていた。

だけど、翌日。ミツイの列のみ、星シールが二枚しか貼られていなかったのだ。

「なぜ俺だけ二ポイントなんだ！　あれか、シールの粘着力が弱くて落ちてしまったか⁉」

先輩局員がのんびり出勤する中、ミツイは通路に這《は》いつくばってシールを探す。

先輩は誰もそんなミツイに声をかけない。だって、本来なら後輩から挨拶《あいさつ》をするものだし。そもそもニコーレのような美人で愛想もいい見習いならともかく、どう見ても坊ちゃんを鼻にかけたうるさい後輩なんて面倒そうだし。

だから、とうとうゴミ箱すら漁《あさ》りだした彼に声をかける人物なんて、同僚の少年くらいのものである。

「おはようございますっ、ミツイ君」

「あぁ、おはよう……なんて、貴様にかける挨拶などなぁあああああいっ！」

ミツイはフェイ＝リアを目の敵にしていた。

同僚といえば聞こえはいいが、実質ライバルである。もう一人同僚がいるが……女性だし。女性に優しく。それは父親から直接聞いた数少ない教えの一つだ。優しくすべき女性に敵意を向けるなど、残念ながらミツイはそんな器用な男ではない。

なので彼女は置いておくとして。

男同士で、比較的年齢も近い――これをライバルと呼ばずしてなんて呼ぶ。

しかも筆記試験、フェイは首席だ。ミツイは次席。

ミツイは猛勉強をしたのだ。名のある講師をやまほど家に呼んだ。この四年間、勉強を一日たりとも怠ったことはない。ただ〈女王の靴《レギーナ・スカルペ》〉の首席入職を、そして憧《あこが》れのステラ隊に配属されることを目指して、ミツイは全力で努力してきたのだ。もちろん、見た目もステラ隊に相応《ふさわ》しくあれるよう磨いてきたつもりである。

——それなのに俺に勝ったはずの、この男はなんだ？

見た目を気にする素振りもないボサボサの髪。せっかくの〈運び屋《スカルペ》〉の制服だって指定通りに着ていない。しかも、なんか臭う。威勢だけは良いようだが、それ以外に何の才覚もあるように思えない。家柄だって……そもそも機械人形《オートマトン》なんだ。違法の産物である。どこからどう流れてきたかわからないし、そもそもその話が本当だという保証もない。不審にも程がある。

そんな怪しいやつに後れを取って許されるミツイではない。

一番にならなければ……〈女王の靴《レギーナ・スカルペ》〉の星にならなければ、入職した意味がないのだ！

——それが、初《しょ》っ端《ぱな》からこんなやつに後塵を拝するなど……!!

ミツイのプライドが許さないのである。

「ところで、何を探しているんですか？」

「俺の落ちた星に決まっているだろうが⁉」

「星……？」

ゴミ箱をひっくり返し終え、再び通路に這いつくばりだしたミツイはやけっぱちに質問に応じる。

対して、フェイは一度掲示板を見てから、人好きする笑みを返した。

「あ〜、シールですか。おれも手伝いますよ」

「貴様の助けなど死んでも借りるか！」

ミツイが唾《つば》を飛ばして否定した時だった。

「邪魔だ。見習い一号」

四《よ》つん這《ば》いのミツイの尻を踏むのは、この〈女王の靴《レギーナ・スカルペ》〉の支配者ゼータ＝アドゥル副局長。まだ身支度が整っていないのか、シャツの襟元も開いているし、長い髪すら結んでいない。

そんなゼータに、真っ先に頭を下げたのはフェイだった。

「おはようございます！　アドゥル副長」

「あぁ、おはよう。ところで、お前らは何をしているんだ？」

「ミツイ君の落ちたシールを探していました」

「落ちたシール？」

疑問符を上げつつも、周囲を見渡しあっさり現状を把握するゼータ。

ゼータはミツイの尻から足をどけつつ、淡々と見下ろす。

「残念ながら、いくら探してもお前の星は出てこんぞ。俺は二枚しか貼ってないからな」

「ど、どうしてですか⁉　このミツイ、しかと先輩の遺物をご遺族へと――」

「めちゃくちゃ泣いていたそうじゃないか」

ミツイがどんなに抗議しようとも、ゼータの眼差しは変わらない。

ただ粛々と、義務的に部下に指導をする上司の目だ。

「夫の遺体を受け取った奥さんより泣いてどうする。一番傷心しているはずの奥さんに冷たいお茶まで貰《もら》い、気を遣われたそうだな？　気の利いた言葉をかけろとは言わん。むしろかけるな。今回の場合は元同僚として節度ある態度が望まれたが、基本的に配達物には無感情・無関心が鉄則だ――それこそ機械のように、粛々と荷物を届けることだけが、俺たちに求められている仕事なんだ」

そして、ゼータはきょとんとしているフェイを一瞥《いちべつ》して。

再び視線を、四つん這いになったままのミツイへと向けた。

「それゆえ、残念ながら昨日の評価は減点させてもらった。ただゴーテルからとても真面目に、そして率先してチームへの気遣いが見られたと報告を受けている。だから今日からまた名誉挽回《ばんかい》と気を引き締めて――」

「納得できませんっ！」

だけど、ミツイは立ち上がる。そしてまっすぐに大きな声をあげた。

「たしかに、昨日の俺はお届け先の婦人に失礼な態度を取ってしまったかもしれません。だけど、こんな機械に俺が劣るとは到底思えないっ！」

「お前がどう思おうと、こいつは昨日配達自体は卒なくやり遂げたからな……」

実際、フェイの仕事ぶりは何も問題がなかった。荷物を渡した時に〝初々しさ〟があったが……見習いならではの愛嬌《あいきょう》の範疇《はんちゅう》だろう。荷物の中身が判明してからも、特に声を荒らげたり表情を変えることなく、ただ黙ってゼータがお客様とのやり取りを終えるのを待っていただけ。

それでいいのだ。それがいいのだ。

そう話してくるゼータに、ミツイは一度唇を強く噛《か》み締《し》めてから……それでもフェイを指さした。

「しかし、昨日はこいつのせいで無駄にモンスターに襲われたと聞いております！」

当然、昨日のフェイの仕事ぶりは歓迎会の話題になっていた。

だって、ＮｏＭ《機械ではない》の仕事のはずなのに、大型モンスターに追われたというのだ。

フェイの度胸と、アキラの機転と、ゼータの遠隔射撃能力で事なきを得たようだが……。

――そんな仕事が認められてたまるかっ！

ミツイはフェイの目の前で、堂々と抗議をする。

「大切な仲間を不必要に危険な目に遭わせた……それは減点対象にはならないんですか⁉」

「ならんな。無事に配達は完遂された。ならばお客様には何も関係ない話だ」

「だけど――」

「否定語は今のお前に不要。見習いは見習いらしく、先輩に言われたままの仕事をこなすんだな」

ゼータはそう言うや否や、欠伸《あくび》をしながら再び歩を進める。しかし、その片手はフェイの襟首を掴《つか》んでいた。引きずられながらも「どこに行くんですか？」と呑気《のんき》に尋ねる見習いに、ゼータが「臭いんだ！　シャワーを浴びろ‼」と怒鳴りつけている。

そんな二人の遠ざかる背中を眺めつつ。

なぜか上司に気に入られているライバルに、ミツイはわなわなと指を突きつけていた。

「お、俺は貴様のことなんか認めないからな～～っ‼」

◆

「アキラ先輩……おれ、ミツイ君に嫌われてしまったんでしょうか……」

「まぁ、好かれてはなさそうだな」

昨日の配達はデモンストレーションのようなものだったから、特例として。

通常の配達業務には『集荷作業』というものがある。もちろん『集荷』にも料金が発生するので、客が自ら荷物を集荷所まで持ってきてくれる場合もあるが、そもそもこのご時世に『配達』を求める以上、金に糸目をつけない場合が多い。なので、金より手間暇をとり『集荷』もセットで依頼してくる客が多数なのだ。そのため一日の基本的な流れとして、午前中に『集荷』、午後に『配達』というスケジュールが基本的なパターンとなる。

そんな日課通りの仕事の移動時間に、隊員同士で会話をすることは何も不自然ではないのだが。

——なんでフェイくんの頭ふわっふわなの？

本来なら「気にしなくていいんじゃないっすかね～」なんて先輩風を吹かせるべきアキラは、見習いの頭を凝視していた。

昨日までボサボサだった後輩の頭が、急にふわっふわになっているのだ。

あれが白ければ、まるで綿菓子。もしかしたらあんな犬もいたかもしれない。

ボサボサでもふわふわでもボリュームがあるに違いはないので、髪の毛でサバを読んでいる身長に変わりはないのだが……でも、ふわっふわなのだ。本当にふわっふわ。

それなのに上司のゼータと見習いフェイは、何事もないようにそれらしい会話を続けていた。

「集荷先って、ここですか？」

「あぁ。アガツマ内での集荷だから、今日はラクな方だな」

お前はまだ見学だけにしとけよ——そう言い残し、ゼータはアパートのチャイムを鳴らす。

寂れた集合住宅地の一角。このアパートも例にもれず、打ちっぱなしのコンクリートで何の洒落《しゃれ》っ気《け》もない四角い造形をした建物である。きっと中も狭そうな一室の中から「は～い」と応えてくるのは、ぱっと見冴《さ》えない中年男性の声。

それに、ゼータは普段より少しだけ高い声で名乗りを上げる。

「〈女王の靴《レギーナ・スカルペ》〉でーす。集荷に参りましたー」

『あいよ～、ちょっと待ってな～』

そうして所々錆《さ》びた扉を開けて出てきたのは、声の通りの冴えないオッサン。いい感じの二重顎《あご》、いい感じに膨らんだ腹に、よれよれのシャツがとても似合っている。

そんなオッサンは徹夜明けなのか……やけにギラギラした形相で笑っていた。

「やぁ、いつもすまないねぇ」

「いえいえ、お得意様になってくださりありがたい限りです——いつものですね」

「フフ……今回のは特に傑作でねぇ。おまえさんらも見てみるかい？」

「いえ、仕事中ですので」

ゼータがにこやかに、お客からの申し出を断る。

だけどお客も気を悪くする様子もなく、むしろより口角を上げていた。

「そうだねぇ！　今日仕事にならなくなったら大変だもんねぇ」

「ははは。それでは配達料金ですが――」

そしていつも通りのやり取りをし始めたゼータをよそに、隣のフェイを見やれば。彼はいつになくしょぼくれた顔をしていて。

――あれ、機械なのに落ち込んでいるの？

同期からの好意なんてわかりません。仕事の成功率には関係ありません。そのくらい言ってのけるかと思いきや、人並みにショックを受けている様子の機械人形《オートマトン》。

――ま、一応〝先輩〟っすからね～。

アキラが後頭部を掻《か》きながら、フェイにこっそり耳打ちする。

「ミツイくんのことは気にしなくていいと思うっすよ。ただの僻《ひが》みっすから」

「ですが……同僚からの好感度は社内での評価および協力業務時の連携効率ならびに成功率に大きく影響する可能性が高いと思います」

「うん？」

「そして今朝、〈運び屋《スカルペ》〉には機械のような挙動が相応しいとアドゥル副長がおっしゃっていました。間接的におれが褒められたのは喜ばしいのですが、特に意識していたわけではないので」

「そうなの？」

「なので、今後〈運び屋《スカルペ》〉として継続雇用していただくため、逆説的に『人間らしい挙動』を学ぶ必要があると演算結果が出ました。そのため、身近で一番参考となる人物が『ミツイ＝ユーゴ＝マルチーニ』であると判断したのですが……恐らく、今の関係性のまま近くで観察することは困難を極めるかと」

「たしかに……フェイくんの近い距離感って極端そうだもんね……」

それこそ日中夜問わず半径二メートル以上離れないとか——笑顔で三日三晩やりかねない怖さが、この後輩にはある。

——正直、オレには関係ない気もするんだけど。

たとえ見習い同士がストーカーの被害者と加害者になったところで、一見アキラに実害はないだろう。職場が騒がしくなるくらいだが、今でも特別に居心地の良い場所というわけではない。職場は職場。

——それでもオレ、このコの教育係みたいなことになっちゃってるんすよね……。

この話を聞いてしまった手前、被害の原因が後輩を御しれなかった自分のせいだと言われたら。

それは、とってもめんどくさいアキラである。

「……ま、なんていうか……」

アキラはふと空を眺める。今日もいい天気だ。季節による気候の変動は少ない地域だが、まわりが砂漠で囲まれている以上、一日の間の寒暖差はそれなりに激しい。だから、今日の配達も水は多めに持っていくべきだろう。そんなことを考えることで現実逃避しながら。

「ミツイくんと、仲良くなれるといいね……」

「はいっ！」

——余計な先輩風、吹かせなきゃよかった。

アキラはやっぱり面倒だなぁ、とふわっふわな後輩の元気な返事を聞きながら思う。

ゼータが扉を閉めたあと「うるせーよ」と一人だけ殴られたから、尚更に。


基本的に、配達＝《イコール》旅である。初めは感動すれど、ほぼ毎日となれば見飽きた砂漠のお散歩中にする暇つぶしといえば、喋《しゃべ》ることくらいしかない。

「おれが持ちます！」

「いや、別に軽いし今回はオレが——」

「だけど、おれが後輩なので！」

——キラキラしたやる気が眩《まぶ》しいこと眩しいこと……。

昨日と同じような『何でもない場所』を移動しながら、アキラは二人を先行する形で砂を踏みしめる。出発地点が同じ以上、毎日通る場所というのがそう変わるわけではない。

拠点のアガツマの街が砂漠の真ん中にあるため、否応なく毎日一時間程度は砂漠を歩く羽目になる。この仕事を本格的に始めて一年、アキラの足腰は必然とだいぶ鍛えられた。

——オレ、中衛のはずなんすけどね……。

だけど、このフォーメーションは仕方なかった。機械の見習いを守るということもあるが……その機械の見習いが『荷物は絶対に自分が持ちます！』と言って聞かなかったからだ。

——ま、見習いの意気込みとしては百点満点なんだろうけど。

ずっと今まで荷物持ちをしてきたアキラにとって、身軽になったことは嬉《うれ》しいこと。

——一番に狙われるコが荷物を持つことは、成功率に影響しないんすかね～？

これらの問答に対して、この部隊の責任者であるゼータは何も口を挟んでこない。

そんな疑問を抱く二年目〈運び屋《スカルペ》〉アキラはとうとう固唾《かたず》を呑《の》んで、ずっと気になっていたことを尋ねる。

「ところで……そのフェイくんの頭、なんすか？」

その質問で、ようやく配達中の暇つぶしに上司も参加することにしたらしい。

ふわっふわの赤い綿菓子のような頭を、ゼータはわしゃわしゃ撫《な》で付《つ》けながら項垂《うなだ》れていた。

「俺がペットのごとく丁寧に洗ってやったら……こうなったんだ……」

副局長ゼータ＝アドゥルは潔癖症である。夜はもちろん、朝もシャワーを浴びてから出勤しているらしい。休みの日は昼にもシャワーを浴びるんだそうだ。

そんなゼータだが毎日砂漠を歩くことには何一つ文句を言わず、代わりに見習いの髪質について文句を垂れる。

「どうしてだ？　ちゃんと俺も使っているツヤサラになるシャンプーとコンディショナーで洗ったんだぞ？　ついでに美容院で買っているトリートメントまででした！　それなのに、どうして余計に爆発するんだ⁉」

――副長、美容院でトリートメント買ってるんだ……。

以前、化粧水のサンプルをゼータから貰《もら》ったことあるアキラとしては、今更驚くことでもないのだが……『やっぱり乙女か』と内心ツッコんでいるのに対して、見習いフェイは嬉しそうに目を見開いていた。

「わぁ、高いやつ使ってくださったんですね！　だからいい匂いするんだ～」

「そ・う・だ・よ！　それなのに……お前、髪の材質も人間とは異なっているのか？」

ゼータからの疑問に、フェイは突然表情を無にして告げる。

「いえ、髪質は人間のそれと遜色《そんしょく》ないはずです。髪の癖というものは遺伝による髪内部の水分バランスの偏りや毛根の形によるものなので。おれの原形となった人物の遺伝データがこうなっていたんだと推察できます」

「そう淡々と言われると『しょーがない』としか言いようがないっすね……」

アキラも歩をゆるめてフェイのふわふわボンバーな髪に触れてみる。まるでモフモフな犬を撫でているようで、これはこれでいい気がしてくるが――そんな愛玩《あいがん》動物かわいいしていられないのが、この〈運び屋《スカルベ》〉の仕事だ。

『何でもない場所』の砂漠の砂が、ゴゴゴゴゴと動き出す。緩やかな斜面の真ん中から、ゆっくり這《は》い出てくる黒いモンスターは――通称、蟻地獄。強靭《きょうじん》な顎と四つの手を広げ、今も地獄に落ちてきた餌を食らうために酸にまみれた牙《きば》を見せている。

そんな人間の二、三人はまとめて丸呑みできそうな化け物を前に、〈運び屋《スカルベ》〉の三人は同時に息

を呑み――

「総員、銃を構えろ！」

ゼータの声に、アキラが気を引き締め腰から銃を抜く。

そしてすぐさまロングバレルを装着した。威力と命中率が上がるので常に付けておきたいパーツではあるのだが……銃身が長くなった分、重量と存在感が増す。そのためアキラは取り外しがしやすいように改良してもらっていたのだ。

なので、ゼータが威嚇射撃をしてくれている間に手早く準備する。

モンスターの基本的な退治方法もまた、入職試験の問題に多く出題されている。

今回の蟻地獄の場合は、急所となる核が下腹部にあるのが特徴だ。普段は砂の中に埋もれているので、まず蟻地獄を砂の中から引きずり出す必要がある。

そのため、まず囮《おとり》役がとにかく逃げる。思わず背伸びして襲いたくなるような……そんな速さと距離感で。身体《からだ》が伸びきったところで側面から大きな衝撃を与える。そして最後に、露出した腹部の核に向かって一撃――それが〈女王の靴《レギーナ・スカルペ》〉でマニュアル化された蟻地獄の対処方法だ。

なので、今回のチームの場合。囮役はもちろん見習いのフェイとなる。

――ま、基本的にはどのモンスターでも似たようなモンすっけど。

とにかく核を壊せば、こちらの勝ち。そこにマニュアルはあれどルールはない。

このマニュアルも当然、見習いの機械仕掛けの脳に入力《インプット》されているのだろう。

彼はすでに走り出していた。配達物をカバンに入れたまま。

「ちょっとフェイくん、荷物は置いていって⁉」

だけどアキラの声は蟻地獄の鎌を振り下ろす衝撃音に消され、フェイまで届かない。

真っ赤なふわふわ頭は、一目散にどんどんそのサイズを小さくしていく。

「諦《あきら》めろ！　さっさと片付けた方が早い‼」

「あ～もうっ、わかりましたよっ！」

――だからオレが持つって言ったのに！

準備を終えたアキラは、苛立《いらだ》ちを脚力へと代えて砂地を蹴る。

位置取る場所は蟻地獄の側面部。ゼータのいる方に腹を向けて倒れるように……フェイとは逆の方向に走らなければならない。

だけど、

「おおっと！」

蟻地獄の鎌にフェイが声をあげていた。直撃は避けたようだが、制服の袖《そで》は大きく抉《えぐ》られたらしい。その裂けた紺地の布が蟻地獄の赤黒い爪先でなびいていた。

その光景に、アキラはすぐさまつま先の方向を変えていた。ゼータの叱責の声が聴こえる気がするが、アキラはそれを聞かない。

――もう、勘弁してくれっての！

思わずアキラの脳裏によぎるのは、頭部のみを残して身体《からだ》を食い散らかされていた同僚の姿。

それだけではない。路地裏で蛆《うじ》を湧かせていた子供の遺体。下腹部だけ妙に膨らませ、目をギラギラさせている子供。走り抜ける馬車にひかれ、大怪我を負うもその傷口から腐っていった子供。

今まで見てきた様々な『死』が、アキラの思考とは裏腹にその足を動かす。

そしてアキラは、再び振り下ろされそうな鎌の下へと飛び込む。

必死に、その汚れた両手をまっすぐ伸ばして——


アキラは一人っ子として生まれた。とても貧しい村。だけど、それなりに両親に守られて暮らしていたが——七歳の時に、両親が流行《はや》り病で死んだ。その間に両親が産んだ兄弟がいるわけではないが、今のアキラには七人の弟、妹たちがいる。

それはなぜか——天涯孤独になってしまったことによって、アキラに『悪癖』が生じてしまったからだ。

『なに？　あんたも一人なんすか？』

アキラは自分のような子供を見捨てることができなくなっていた。

モンスターから人間を守ってくれる外壁すらもない村だから、村人は機械を諦めるしかなかった。

機械がない生活は、とにかくひもじい。

お金を生むことも難しければ、食べ物を手に入れることも困難だ。

だけど、街に移住するためにはお金がいる。お国に収める馬鹿高い『住民税』など、自分たちが食べる分だけ野畑を耕し、物々交換で暮らしている人たちが永遠に払えるわけがなく。

そんな村で両親を亡くした子供がまともに生きていけるわけがない。

畑や庭先から食べ物を盗み、『悪童』と石を投げられようとも。

——仕方ないじゃないか。

こんな村じゃ、物乞《ものご》いする相手すらまともにいりゃしない。

たまに命懸けで町へ行って、危険な仕事の手伝いをして。

人には話せないような、悪いことにも手を貸して。

——仕方、ないじゃないか……。

そうでもしないと、生きていけないのだから。

誰も……アキラに手を差し伸べてくれなかったのだから。

そんな生活をしながら、なんとか十歳まで成長することができたアキラ。

悪童が悪童なりに生活ができるようになった時、ゴミ捨て場の隅でゴミを漁《あさ》っている、かつての自分のような〝ゴミ〟を見つけた。

多少の余裕ができるようになったとて、見知らぬ他人に施せるほど裕福になったわけではない。

自分ひとりを食わせるだけで精一杯。

それなのに、アキラは気がついたら手を差し出していた。

『行くトコないなら、オレの棲家《すみか》に来るっすか？　昨日かっぱらったパンなら、まだ余ってたと思うし』

どうしてそんなこと言ったのか、自分でもよくわからなかった。

だけど自分が差し出した手を、嬉しそうに掴《つか》む〝かつての自分〟を、今更振り払うことなんかできなくて。


——あ〜、めんどくさ。

そんな〝悪癖〟を制御できずにいたら、あっという間に〝アキラの家族〟はそれなりの大所帯になってしまっていた。自分よりも年下のガキの面倒を見るのは、とてもめんどくさい。小さな子がさらに小さな赤ん坊を連れてきてしまった時には……もうあまりのめんどくささで頭を抱えてうずくまった始末。

まぁ、ゴミはゴミでも、集まれば意外となんとかなるもので。

食べ物や売り物を探して『何でもない場所』を散策したり、捨てられていた壊れた腕時計を街に行って売ろうとしたら、モンスターに追われたり……それなりに危険で、無駄に賑《にぎ》やかな日々を過ごしていた。

転機は、とある職業案内のチラシを拾った時だった。

『〈運び屋《スカルベ》〉ねぇ……』

噂には聞いたことがあった。街から街へ、誰かの靴代わりに、どんな荷物でも運ぶやつらのこと。

——だけど、そんな大層な仕事なんてオレには……。

『給料たっかっ‼』

だけど、アキラは見てしまったから。

そのチラシに載っていた、想定よりゼロが一個多い年収。

学歴・年齢問わず。危険手当込。社員寮あり。食堂無料。家族手当あり。

ただし労災、退職金、弔慰金なし。

『死んでも知らねーよってことね……』

それでも、これだけの給料があれば——思わず固唾を呑む。

自分が抱え込んでしまった『面倒』全員分、街へ移住させてやることができる。ちゃんとした職に就くなんて、それこそ面倒だったが……『家族』を作ってしまったのは自分だ。面倒に首を突っ込んだのは自分。

ダメ元で詳細を聞きに本局の扉を叩《たた》いた時、対応してくれたのが長い藍色《あいいろ》の髪がいけ好かない野郎だった。ボロを着たアキラを一瞥《いちべつ》した後、分厚い冊子を八冊取り出してくる。

『これ、今までの入職試験の過去問な。今年の試験は三か月後か……それやるから、まー頑張れ。わからないところがあったら、暇な時なら教えてやってもいい』

『あ、あの……！』

『なんだ？』

その目はとても冷たい。だけど言動は、どう考えても嫌なやつじゃない。

だから、アキラは訊《き》いてみる。

『家族手当って……血が繋《つな》がってないとダメっすか？』

『〝家族〟の定義くらい、自分で考えろ——だが、不安なら入職後に全員連れてこい。俺が判断してやる。ちなみに家族の食堂利用も手当の一部だ』

アキラはもう一度、固唾《かたず》を呑《の》んだ。

——面倒だけど、やるっきゃない。


無事に入職試験をくぐり抜け、まともな社会人になって。

少しだけ大人になって、アキラは悟った。

〝面倒〟なモノは、始めから見なけりゃいい。……少なくとも、この知的狼風などっかの副局長のように、毎晩深夜に『過去問を教えてくれ』と詰めかける入職希望者のガキの面倒なんて見てはいけない。絶対に。

なのに、アキラは今日も自分を省みず、誰かに手を伸ばしてしまった。

蟻地獄の鎌が、後輩の脳天をカチ割る前に。

アキラは後輩を抱きかかえ、そのまま全身が砂まみれになることも厭《いと》わず、前方に転がる。

——うわっ、無駄にいい匂い！

お高いシャンプーとやらの匂いが、後輩のふわっふわな頭からアキラの鼻孔をくすぐる。

それに舌打ちするのと、すぐ後方でドスンッと鎌が砂地に突き刺さるのが同時だった。

聴覚が戻れば、今もライフルが継続的に撃たれる音が聞こえる。

──早くしないと。

早く自分の役目を果たさないと、うるさい上司から「やれ銃弾を無駄にした」など小言を聞かされかねない。

その面倒がわかっていながら、やっぱりアキラは自分の腕の中の後輩に唾《つば》を飛ばしてしまう。

「なんで転んでるの⁉　もう砂漠での走り方は覚えたって言ってたじゃん⁉」

「えっと……作戦のために、ここはおれが敢えて攻撃を受けた方が成功率が上がると演算結果が出まして──」

「バッカじゃないの‼」

状況が掴めていないのか。目を丸くしているフェイにアキラは二度目の怒声を放つ。

「オレ言ったよね？　死ぬことも壊れることも許さないって、こないだちゃんと言ったよね⁉」

「ですが、仕事の成功率でいえば──」

「そんなモンが命より大事なはずが──」

その時、アキラの足元で大きく砂が跳ねる。

恐る恐る視線を向けると……その先には、あからさまに怒っている上司の姿。

「説教は後回しにしろ！　それこそ二人揃《そろ》って死にたいのか⁉」

「あ〜もう、さっさと女王様に踏まれればいいんでしょっ！」

それは〈女王の靴《レギーナ・スカルペ》〉の社訓だ。アキラがまったく共感を抱いていない道標。

正直、仕事内容もどうでもいいのだ。金さえ貰《もら》えたらそれでいい。そこに信念なんていらない。だからこそ、アキラは何でもやるし、何者にもなれる。

――あいつ、邪魔！

しかし、目的が先か。手段が先か。

頭がカッカしてまともな判断力を失ったアキラは、一人で巨大蟻地獄へ突っ込んでいく。

蟻地獄はアキラのことに目もくれない。

なぜなら、アキラは機械《エサ》ではないから。

だから蟻地獄はただひたすらに、フェイだけを狙って身体を伸ばしている。だけど交互に振り下ろされる鎌の一つをアキラが走りながら撃ち、衝撃で弾《はじ》き飛ばせば。もう一方の腕も同じように跳ね上がっていた。見るまでもない、ゼータからのフォローだろう。

さすがに蟻地獄もアキラが邪魔になったのか。その鋭利な顎《あぎと》でアキラを噛《か》もうとして、身体を丸めた。その間にできた薄闇で、アキラは見つける。

人間とて、自分のへそを見ようと思えば腹部が若干引きあがるもの。同じように引きあがった蟻地獄の鱗《うろこ》のない腹部に、きらりと光る赤い石。それはまるで蟻地獄のへそのようだった。

「ハイ、お疲れさんっ！」

アキラは滑り込みながら、へそに向かってトリガーを引く。

着弾と共に赤い石が砕かれれば、その衝撃で蟻地獄は体勢を崩して。

――あ、やっべ……。

その巨大な体躯《たいく》が、アキラの頭上へ崩れ落ちようとしていた。

マニュアルには当然、理由がある。

もしも近距離でとどめを刺せば、その攻撃者がモンスターの死体で潰《つぶ》されてしまうからだ。

だから基本、巨大なモンスターを相手にするほど遠くから攻撃する。

そのための銃だ。中にはこぶし一つで戦う〈運び屋《スカルペ》〉もいるが……そんなのは本当にごく一部。

〈運び屋《スカルペ》〉の本分はあくまで荷物を届けること。

決して、モンスター退治に命を懸けることではない。

「馬鹿野郎。一番危ないのはお前だ」

潰される直前。なんとか身体を捻《ひね》って直撃を避けたアキラが、ゼータとフェイに引っ張り出された。その後の上司からのありがたい第一声が先の言葉である。

それにアキラは砂の上であぐらを掻《か》きながら、半眼で見上げた。

「……部下に向かってライフル撃つ上司も大概では？」

「ちゃんと足元を狙ったに決まっているだろうが」

――万が一にも外したら？

だけどそれを口にすれば、さらにげんこつが飛んでくるのは火を見るよりも明らかだから。

「……スミマセンっした」

アキラは唇を尖《とが》らせて、気のない謝罪の言葉を口にする。

どんなに巨大なモンスターを倒しても、仕事はそこで終わりではない。

あくまで荷物を届けるまでが仕事である。

「もう、フェイくんとの仕事は命がいくつあっても足りないから……二日目でもうこの疲労感。まじで？　これが毎日続くの？　これは給料上げてもらわなきゃ割に合わなくない？」

「おーおー。立派に『先輩』続けられたら、指導手当でも付けてやるぞー」

なので、どんなに身体《からだ》が疲れていようとも、足に鞭《むち》を打って砂漠をずるずる歩く。

無論、アキラの腹の虫は余計に苛立《いらだ》つだけだ。気のない相槌《あいづち》を打つゼータはそんな些末《さまつ》なことを気にしないが。

だけど見習いフェイは先輩の機嫌に敏感らしい。

「あの……アキラ先輩」

「ん、なに？」

「先輩が怒っているのは……荷物を心配しているから、ではないのでしょうか？」

「へ？」

目を丸くしたアキラは、思わず足まで止めてしまう。

そんなアキラの挙動に気づいていないのか、それともどうでもいいのか。

フェイはあざといくらいの思案顔を続けていた。

「おれが荷物を持ったまま囮《おとり》になろうとしたから、荷物の破損や汚れを気にして怒っているのかと判断していたのですが……どうやら話を聞いていると、微妙に矛盾が生じているようでして……」

――そりゃあ、オレは……。

もちろん、フェイの身を案じてイライラしているアキラである。

だけど、それを自分の口で本人に告げるのは……十七歳の男子として、照れくさいものもあるわけで。だからアキラの視線はそっぽを向き、その言葉も口早だった。

「そ、そーっすよ？　あの状態でフェイくんに何かあれば？　荷物もろともだから……だ、だからオレが荷物を持つってあれだけ――」

「声、裏返ってるぞ」

「疲れてるだけっす！」

ゼータからの冷ややかな指摘に、アキラはとうとう帽子を目深に被《かぶ》り直す。

しかし質問者はその回答で満足だったらしい。「ですよね」と安心したように微笑《ほほえ》んでから、彼は次の質問をしていた。

「ところで……今日の荷物はとても軽いですけど、何が入ってるんですか？」

「荷物の詮索《せんさく》はするなと、昨日教えたばかりだが？」

「でも、アドゥル副長も集荷の際『いつものですね』って言ってましたし」

その荷物の中身を、アキラは知っている。

本当にあのオッサンはお得意様なのだ。早ければ二か月に一回、遅ければ一年以上間が空くらしいが……アキラも今日を抜いて二回ほど、あのオッサンからの同様の仕事を担当したことがある。

局内でも有名なオッサンだ。この〈女王の靴《レギーナ・スカルペ》〉の創業時から定期的に依頼してくれているのだという。なので、中身に関与しない〈運び屋《スカルペ》〉なれど、その中身の噂くらいは広まるというもの。

そんなオッサンからのろくでもない荷物を、ゼータは一言で説明した。

「男の友情を繋ぐものだな」

その無駄にカッコいい言い回しに、アキラは思わず吹き出す。

アキラがむせている一方、フェイは赤い瞳をキラキラさせる。そして前のめりで希望を口にしたゼータに詰め寄っていた。

「この配達が終わったら、おれもミツイくんと仲良くなるヒントが得られますかね⁉」

「あぁ、きっと物凄《ものすご》い秘訣《ひけつ》が得られるかもしれんぞ！」

――嘘つけっ！

思わずツッコもうとするも、アキラの口は動かない。ゼータが「何も言うな」とばかりに睨《にら》んでくるからだ。

ゼータは不自然なほど綺麗《きれい》な笑顔で、後輩のふわっふわ頭を撫《な》でていた。

「よし、それじゃあ行くぞ。あの壁が目的地のウスイの町だ」

隣町を囲む灰色の壁は、目と鼻の先だ。

町に入って、ようやくゼータは不機嫌な理由を口にした。

「あまりにあいつの髪が綺麗にならないものだから、思わずボトルをひっくり返して余っていたシヤンプーまるまる使い切ってしまったんだ」

「逆恨みがひどい」

赤いふわっふわ頭が、アキラたちの前を軽い足取りで歩いている。

『ウスイの町』は商業の町だ。このノクタの東地帯一の大都市アガツマまでの中継地点として、世界各地の多くの品がこの町に集まる。砂漠の真ん中の面白みのない町を、人間が自ら多種多様な品で彩っているのがこの町である。

そんな活気ある町には当然多くの商人がカラフルな瓦《かわら》で豪華な居を構えており、その一方商人のもとで働く従業員が住まう寂れたセピアの住宅街がある。

そんな色を変えていく町並みを物怖じせず歩きながら、アキラはゼータに半眼を向けた。

「もしや、その腹いせでフェイくんに荷物を持たせっぱなしにしたんじゃないでしょーね？」

「それを行う俺のメリットを述べよ」

「……わざと仕事を失敗させて、フェイくんを落胆させる＆〈星集め〉の足を引っ張るとか？」

「お客様への賠償金と信用を天秤《てんびん》にかけるほどのことではないな」

淡々と不正解だと告げたゼータは、横目でアキラを見てくる。

「あれはどちらかと言えば、お前への配慮のつもりだったんだが？」

「ハァ？　オレ？」

アキラが自らを指させば、ゼータは小さく口角を上げた。

「見習いを心配する真っ当な理由ができたろ？　この思春期め」

「なっ……！」

アキラが再び言葉を詰まらせると、その間にゼータはアキラを追い抜く。

「お前もいい加減、その悪い癖を直すんだな。そんなんじゃ……本当にお前が無駄死にするだけだぞ。しょせん〈運び屋《スカルベ》〉は使い捨てなんだから」

「……昨日の今日で厳しいっすね」

昨日は、死んだ同僚の遺体を親元へ届けたばかりなのだから。

その時の光景や、感じた痛みを、思い出すなという方が難しいのに。

アキラは自分の靴を見る。散々砂漠を歩かされ、この一年間ですっかりボロボロになった靴だ。そろそろ新調してもいいかもしれない。もちろん経費で。

——だけど。

アキラは顔を上げて、上司の背中を見やる。

アキラも今のゼータの言葉の矛盾に気づかないわけではない。

だって、そう言うならば。

その使い捨ての靴には、アキラやゼータも含まれるということなのだから。

「相変わらず優しいんだか、厳しいんだか」

「ここですよね～？」

最後尾のアキラが苦笑していると、前方から見習いの呑気《のんき》で明るい声がする。それにゼータが「お前が渡していいぞー」と応えると、彼は嬉《うれ》しそうに「はいっ！」と笑った。

ボロ屋の一室の戸を、フェイが高らかに叩《たた》く。

その後ろから、腕を組んだゼータが忠告した。

「いいかー。不在の場合は置き配するからな。中身を知れなくても落ち込むんじゃないぞー」

「わかってまーす」

割増料金を貰い、配達先の客が在宅中に届けるサービスも行っているが……道中にモンスターが蔓延《はびこ》っている以上、指定された日時ぴったりに届けるのは困難である。そのため、日時指定のサービスは自然とかなりの値段になり、利用する者は富裕層の中でもほんの一握り。当然、どこにでもいそうなオッサンが気軽に払えるわけもなく。そのためアキラが運んだ二回とも、この少し厚みのある封筒を郵便受けに入れて帰ったのみである。

――ま、オレも中身が気にならないわけじゃないんすけどね……。

アキラも思春期の少年である。本当に『あの噂』通りのものならば、どの程度『スゴイ』のか興味がないわけではない。そして、それを見たフェイの反応がとても気になる。結局、アキラだって類に呼ばれた友なのだ。

だから、三人が返事を期待して待つこと数秒。

扉の中から「はいよー」と返ってきた声に、フェイは「〈女王の靴《レギーナ・スカルペ》〉ですっ！」と今日一番元気な声を返す。

扉の中から出てきたのは、またしてもオッサンだった。

依頼人と同年代の、同じようなオッサン。大きな違いと言えば、髪の毛の色と濃さか。こちらのオッサンの方がモフモフしているものの、おでこは広い。あと今まで寝ていたのか、額や鼻は脂ぎっているものの、なんとなく元気そうではある。

そんなオッサンはフェイたち〈運び屋《スカルベ》〉一行の姿を見るやいなや、ニヤニヤと笑った。

「いつものかい？」

「はい、こちらです！」

両手をビシッと伸ばして渡すフェイに対して、オッサンは「ありがとうよ」と謝辞を述べる。そして封筒の厚みを確認すると、ますますにやりと口角を上げた。

「きみたち……今回の出来は聞いているかい？」

「えーと、『特に傑作』だそうです！」

「ほう？」

さすが機械人形《オートマトン》。記憶力は抜群らしい。

フェイがペンを取り出して「受け取りにサインを」と言う前に、そのオッサンは封を開け出す。分厚い舌で唇を舐《な》める表情はあまり褒められたものではない。さらに、出てきた紙束を見て鼻の下を伸ばすオッサンの顔なんて、いったい誰が見たいのだろうか。

だけど、フェイはその中身を覗《のぞ》き見《み》たいとばかりにソワソワ好奇心を隠さないものだから……そのオッサンは目を細めた。

「きみらも見るかい？」

「いいんですか!?」

そうまでお膳立《ぜんだ》てされ、逃げるなんて男が廃る。

フェイ同様、アキラも怖いもの見たさで首を伸ばせば——

豊満な胸部と尻《しり》がありえないほど強調された、依頼人のオッサンからは想像できない目がキラキラ、♡乱舞な裸の少女のマンガに、思わずアキラは緩みそうになる口元をおさえた。

◆

ミツイ＝ユーゴ＝マルチーニ。記念すべき〈女王の靴《レギーナ・スカルペ》〉三日目の朝。

昨日も彼はとても頑張った。なんたって初めてのCランク任務だったのだ。

つまり、初めてモンスターに遭遇したということ。

小型のワーム三体に追われた。先輩は巨大なダンゴムシみたいなものだと言っていたが、そのよだれだらけの口元から見えた歯がひたすら鋭かった。

ちなみにミツイ＝ユーゴ＝マルチーニは紳士である。女性に優しく。女性局員が一緒のチームだったのだ。父からの教えであるレディーファーストを自然と身に付けていた紳士ミツイとしては、女性を先に逃がすのが当然の習わし。

だから身を盾にして彼女を逃がそうとしたら……砂に足を取られ、転んだ。

そこを食らおうとしてくるワーム。ちなみに荷物も見習いのミツイが持っていた。

結果として、隊長のゴーテルがワームを二体殴り飛ばし、女性局員が一体を爆弾で吹き飛ばしてくれ、事なきを得た。

――だが、副長はお客様に影響が出なければ関係がないと言っていた！

だから、今日こそはＣランク分、最低二個の星がついているはずなのだ。

それに対し、昨日の一番隊の任務はまたＮｏＭ《機械ではない》だったという。つまり、星は一つ。

昨日からプラマイして星の数が追い付いているはずなのである！

ミツイは掲示板の前で目を閉じていた。

――大丈夫、俺様は今まで誰よりも努力してきたんだ！

寝る間も惜しんで、勉強に明け暮れた。友達と遊ぶ間も惜しんで、訓練に明け暮れた。

すべては〈女王の靴《レギーナ・スカルペ》〉に入職するため。

そして、憧《あこが》れのステラ隊に入るために。

――今日こそが、俺の新しい人生の幕開けだっ‼

意を決して、ミツイは目を開ける。

やっぱり、隣のフェイ＝リアより星が一つ少なかった。

「なぜだあああああああああああ⁉」

そう、ミツイが狭い通路で絶叫していると。

「いやぁ、昨日のは想像以上に強烈だったっすねぇ……思わず夢に出てきましたよ……」

「俺も久々に見たが……年々上手《うま》くなっているな。えげつなさも年々上がっているが」

「でも高い金を払って、あんなお手製マンガを交換するとか……正直意味わかんないっす」

ゆるゆると雑談しながら出社してくるのは、一番隊の先輩とその隊長――ゼータ＝アドゥル。

「まぁ、金の価値なんて人それぞれだからな。一般の人にとって『何でもない場所』を移動するのは、それこそ命懸けの行為だ。それでも離れた場所で暮らす友人と交流したい、お互いの生存を確認したいと願うなら……俺のシャンプー一ダース分くらい高くも――」

「副局長に抗議したいことがありますっ！」

そんな上司らの雑談の間に、堂々と割って入るミツイ＝ユーゴ＝マルチーニ。

だけどゼータはミツイの言葉を聞くまでもなく、横目で掲示板を確認し、欠伸《あくび》をしながら束ねていない髪を掻《か》きむしる。

「お前、昨日は荷物を落としたそうじゃないか。中身の腕時計は壊れていなかったらしいが、そのせいでギフト包装されていた箱が少し凹《へこ》んだそうだな？　優しいお客様だったからいいが、次回から気を付けろよ」

「しかし、それは女性をモンスターから守ろうとした結果でして」

「だからそんなの、お客様にとって関係がないだろう」

ここは更衣室に行くまでの通路。当然彼らだけでなく、順次大勢の局員がやってくる。

「ミツイ君っ、これ見てくださいっ！」

「こんな時に何だ⁉」

元気よくやってきたミツイのライバル、フェイ＝リアは今日も頭が爆発していた。ふわっふわではなく、元のボサボサ。それを一目したゼータが「一日で元に戻りやがった……」と落胆している横で、ミツイは律儀に声をかけてきたフェイの方を見やる。

彼は両手で紙束を差し出していた。ミツイの心は貴族である。彼はフェイのことは嫌いだが、下々の者が自分に何かを献上しようとしている以上、それを無下にするほど器が狭い男ではないと自負しているのだ。

ならば受け取るしかあるまい——ミツイはその紙束を受け取った。

それには、庶民の娯楽の一種であるマンガが描かれているようだった。

おっぱい。おしり。まるい。♡いっぱい。ぷるんぷるん。あは～ん。

ミツイの語彙《ごい》力が崩壊する。〈女王の靴《レギーナ・スカルペ》〉のステラになるため、娯楽とは無縁だったミツイである。だけど成人向け娯楽に興味がないはずがない十六歳。

ミツイの脳がキャパオーバーを起こす。

「ほおおおおおおおおおおおおお!?」

「おれが昨日描いてみたんです」

フェイはにこやかに語る。昨日仕事を終えてから、路地の隅に捨てられている大人用マンガ雑誌や紳士用雑誌を集めて、情報をインプットしたのだと。そして整理した情報をより高度なものへと昇華してアウトプット。使える道具が限られているから再現に苦労した結果、ついさっき完成したばかりだという。

「おれ、ミツイ君と友達になりたいんです」

固まったミツイがその話を右から左に聞き流している一方で、隣の彼直属の先輩方が「副長のせいっすよ」「俺はあくまで一例を教えてやっただけだ」などと半眼で会話をしているものの……フェイはそんな彼らは眼中にないとばかりに、ミツイに眩《まぶ》しい笑みを向けていた。

「どうですか？　これから定期的に、おれとマンガ交換などしませんか⁉」

「す、するわけないだろうが⁉」

我に返ったミツイは、慌ててそのマンガ原稿を放り投げる。

繰り返すが、今は朝の出社時刻少し前。更衣室へ向かう途中の通路である。

〈女王の靴《レギーナ・スカルペ》〉のおよそ四分の一は女性局員だ。

なので、

「あら、皆さんおはようございます」

見習いらしく礼儀正しい挨拶《あいさつ》をするニコーレが通ったのも必然。また、数少ない同僚が狭い通路に紙束をバラまいていたら、拾ってあげようとするもまた必然である。

しかも、この女性がまた豊満な胸部をお持ちなのだ。

二次元直後の、三次元。

そんなリアルな連想にミツイの脳が追い付けるはずがなく。

「ほわあああああああああああ⁉」

落ちた一枚を、ニコーレが優雅な仕草で拾う。それに描かれたものが彼女に目に入るのもまた必然だろう。彼女が困ったような顔で「あらあら……」と小首を傾《かし》げるのと同時に、ミツイは半泣きの真っ赤な顔でフェイを指さした。

「き、貴様のことは絶対に許さんからな〜〜っ！」

「え、なんでそうなっちゃうんですかっ⁉」

そんな見習いたちのやり取りを、先輩二人は白い目で見守る。

「オレ、知らないっすからね〜」

「安心しろ。指導手当という金の力で、面倒を中堅どころに押し付けるのが俺の仕事だ」

「げっ……」


そして、その日のミツイの仕事だが。

案の定粗相ばかりやらかして、再び星が一つ減らされたことは語るまでもない。

彼のステラ隊への道は、まだまだ始まったばかりだ。

第三章　副局長はまずいコーヒーを飲む

フェイの脳内には、どうしても削除できない映像がある。

それは自分が過去にいた研究所の光景だ。同じようなカプセルの中に、同じような被検体が入っている――そんな同じものがおびただしい数陳列されている、そんな場所。

毎日毎日、自分と同じはずの『個体』が、次々と処分されていく。

カプセルから排出されて、まわりを見渡す間もなく麻袋に詰められ、ゴミ捨て装置《ダスト・シュート》へと運ばれていく『自分』。

――そう、あれは『自分』だ。

――あれは、明日の『自分』なんだ。

『やめて……』

いつ、自分の番になるかわからない。

明日か。明後日か。ただ、毎日自分の番が来るのを、狭いカプセルの中で待つだけの毎日。

そんな光景を何度も、何度も眺めては。フェイはカプセルの中で叫んでいた。

『やめて……やめて！』

それでも、特殊液で満たされたカプセルの中からの声なんて、誰にも届くわけがなくて。

『やめて……もう、やめてよ……』

容量には限りがある。新しいことを覚えるためにも、処理速度を早くするためにも、余計な記憶《データ》は削除《デリート》するに限る。それが機械人形《オートマトン》として合理的だと、何度も何度も演算結果として出ていた。

だけど、フェイは削除できない。

捨てられた『個体』が存在した証拠がなくなってしまうから。

だから、フェイだけは――――

◆

「明日は休みだ」

ゼータ＝アドゥルの発言に、直属の見習いフェイ＝リアは目を丸くしていた。

――いや、そこで驚かれても。

巷《ちまた》ではブラック企業とも名高い〈女王の靴《レギーナ・スカルペ》〉だが、基本的な福利厚生はしっかり用意してあるゼータである。ただ勤務時間中の死亡率が高いだけ。死亡時の補償がないだけ。それだけ。

だから各自有休も取りやすいよう各隊の人数には余裕を持たせているし、完全週休二日はゼータ自身も含めてしっかり取らせるようにしている。それは当然、見習いを含めてだ。

だって、少しでも集中力が欠ければ、すぐに死んでしまう仕事だから。

別にゼータとて、仲間たちをむやみやたらに殺したいわけではない。

「休み……って、何をすればいいんですか？」

「お前、休んだことないのか？」

「数日に一度、夜にメンテナンスとして各機能を停止して点検作業をすることはありますが……」

――さすが機械。

今や開発が中止された機械人形《オートマトン》は、不眠不休で働けるらしい。そんな労働力、どんな企業も喉《のど》から手が出るほど欲しいだろう。そしてそんな労働力が充実したら、きっと人間は必要がなくなってしまうだろう。

――まぁ、禁忌とされたのもわからんでもないな。

それでも、どこからともなく現れてしまった機械人形《オートマトン》を雇うと決めたのもゼータである。機械だからと扱いを変えるつもりもない。ただの従業員の一人として、彼にも同じ福利厚生を与えるだけだ。

「お休み……ですか……」

普通ならば喜ぶべき休日。実際隣のアキラは「明日は久々にぐーたらするかなぁ」と腕を伸ばしている。だけど見習いフェイ＝リアは「休みか……」と退社するまで、ずっと捨てられた子犬のような顔をしていた。

なので翌日、ゼータは社員寮を見上げていた。

たとえ見習いだろうと給金は一般企業の十倍を支給しているので、各々好きな場所を間借りすることには困らないだろうが……一応、企業としての体裁というか、訳ありが入職してくることも多いゆえ、手ごろのアパートを一棟借りて寮としている〈女王の靴《レギーナ・スカルペ》〉である。ちなみにゼータはこんなボロくて狭い家には死んでも住みたくないので、ちゃんと高級なマンションの一室を個人で借りているのだが。

ゼータも今日は休みだった。特に何もないのなら、同チーム内で一緒の休日にするのがシフト効率がいいからだ。そんなゼータにとっても貴重な休日、どうして自分が住んでいるわけでもない社員寮を見上げているかというと。

――あいつ、ちゃんと休日らしいことできるんだろうな？

話によれば、入職前までは居を構えず、五年間ずっと路上生活を送っていたらしい。なので一週間前に初めて彼は『自分の家』というものを手に入れたのだという。

狭い部屋とて、生活環境をゼロから整えるのは慣れた者じゃないとそれなりに大変だろう。支度金として早めに多少の金は渡しているが、寝具、家電、食器等々、揃えなきゃならないものは山ほどある。

――こう……田舎《いなか》から出てきて初めて一人暮らしする少年の世話をしてやるのも……上司の務めだからな。まったく世話の掛かる……。

ゼータは誰も見ていないのにわざとらしく咳払《せきばら》いをするが……ようはフェイが心配だったのだ。

心配すぎて、わざわざ自分の休日を潰《つぶ》してまでフェイの世話にやってきた。もしかしたら一人で何をしたらいいのかわからず、寂しがっているかも。そんなしょんぼりとした見習いを想像して、居ても立ってもいられなくなってしまったのだ。

結局は心配性のお人好しなのである。絶対に、本人は認めないが。

「よぉ、奇遇だな。なに？　店がわからないだと？　仕方ない、俺が案内を――」

なので、そう一人でぶつぶつ『たまたま出くわしたクールな上司像』のシミュレーションをしていると、アパートの集合玄関から出てくる赤毛の少年が一人。いつもの出社時と同じよれよれシャツとゆるゆるジーンズを穿《は》いたダサい彼こそ、世話の掛かる見習いフェイ＝リアだった。

ちなみに、もしも三十分待っても彼が出てこなかった場合は、部屋に突入しようと思っていた。

その時は適当にパンでも大量に買い込んで「消費を手伝え」とか言って。

――無駄な出費をしなくてよかった。

どうせランチを食べるなら、それなりのカフェで優雅に食べたいゼータである。当然後輩の分は奢《おご》るつもりだ。

彼はまっすぐにゼータのそばまでやってきた。

「アドゥル副長、こんにちは！」

「あぁ、お前か。こんにちは。今から買い出しか？」

まさに「今気が付いた」とばかりに会話しているゼータだが、内心めちゃくちゃ緊張している。だってちょいちょい常識がずれている少年なのだ。イメージ通りに会話が進まなかったら、ただのイタい人になってしまう。

そんな演技派のゼータに、フェイは小さく首を振る。

「いえ、外にアドゥル副長の生体反応を確認したので、これは挨拶すべきだろうと！」

「あぁ……」

さっそく頭を抱えるイタい上司ゼータ＝アドゥル。だけど見習いは上司の心知らずに「用件は何でしょう？」と訊《き》いてくるから……諦《あきら》めたゼータはポツポツと話した。

「お前が……買い物に困ってないかと……」

――ここにアキラが居なくてよかった……。

居たら、絶対に指をさされて笑われていただろう。アキラはそういう男だ。この一年間で不必要に懐かれている自覚がある。

フェイがまばたきすること三回。

その間、彼が何を演算していたのか考えたくないゼータ。

だけど、フェイは嬉《うれ》しそうに口を開いてきた。

「お気遣いありがとうございます！　正直、人間らしい生活に何が必要か今一つ解答が出ていないので……ご教授お願いしても宜しいでしょうか？」

「……まぁ、それならしょうがないな」

――しょうがないのか？

いや、〈女王の靴《レギーナ・スカルペ》〉の入職前に『人間らしい生活』を覚えろよという疑問が頭をよぎったゼータだが……もしかしたら、自分に恥をかかせないための口上なのかもしれない。だったらここは話に乗るのが大人の対応だろうと、ゼータはポケットに手を入れて踵《きびす》を返す。

「それじゃあ、まず服屋から行くぞ。面接の時からその服しか見ないが、それ以外のを持ってないとは言わないだろうな？」

「はい、私服はこの一着しか所持しておりません！」

「阿呆《あほう》！　洗濯はどーしてるんだ⁉」

「せんたく？」

小首を傾げたフェイに、ゼータは再び頭を抱える。

もしかしたら、彼は自ら苦境に足を踏み入れたのかもしれない。

〈女王の靴《レギーナ・スカルペ》〉はこの街でトップクラスの高収入エリートだ。その実質トップたるゼータの顔はそれなりに知られているし、街を歩きながら堂々と「こないだの配達だが――」などと話していれば、尚更注目を集める。

それでもやっぱり休日の買い物は、思いのほか楽しい時間となった。

「洗濯機はどのメーカーがいい？」

「副長のおすすめでお願いします」

「食器のブランドにはこだわりあるか？」

「特にありません！」

他人の金で、好きなものを買う。こんなに楽しいことはない。

買い物前にフェイの部屋を一見してきたところ、案の定がらんとしてベッド一つ置いていなかった。だからたとえ自分のものになるわけでなかったとしても、人の部屋をゼロから好きにコーディネートできるのはなかなか楽しい。

人の金であれど、見習いの新生活の支度金。予算が余るに越したことはないだろうと慣れない値切り交渉をしていたため……ゼータは気が付かなかった。

「お兄ちゃん、〈運び屋《スカルペ》〉のひと？」

「そうですよ？」

暇で道行く人を観察していたフェイが、幼い少女に涙の懇願をされていたことを。

「このお手紙をパパに届けてくださいっ！」


砂漠といっても本当に『砂の海』状態なのはアガツマの周辺だけで、こうして一時間も移動すれば緑豊かな自然地帯も多い。ただ地面を作る材質的に、砂地と呼ぶべきなのは変わらないだろう。

モンスターではない、通常の鳥の囀《さえず》りが聞こえる中を歩く三人のうち一人、アキラ＝トラプルカは二人に半眼を向ける。

「――それで、せっかくの貴重な休日に、オレは午後出勤を命じられたと？」

「休日手当は弾むから付き合え……」

頭を抱えながら答えるのはゼータである。三人はしっかりと制服を身に着けているが、いつにも増して覇気がない。だけど、唯一やる気に満ちた少年フェイは揚々と話す。

「でもあの通りには多くの人がいましたし、あそこで幼女の依頼を断ると〈女王の靴《レギーナ・スカルベ》〉の社会的イメージが大きく下がると演算結果が出ました！」

「その演算に、不当賃金や今後の客層低下などの要素は加味されなかったのか？」

「もちろん、それらも入れて計算しました。ですがステラ隊の演出している『アイドル性』からして、あの場で断るのは会社の印象に良くないと判断しました。まさに損して得を取れってやつですよね？」

フェイの同期ミツイ憧《あこが》れのステラ隊——見目麗しい彼らの仕事は業務を遂行することより、『社名を売る』ことに専念させている。ついこの間もアイドル雑誌の巻頭特集に載ったくらいだ。

だけどフェイはたとえ高性能な機械であれど、見習いである。

「見習いが判断することじゃねぇ……」

大勢の人の前で引き受けてしまった以上、あとから撤回することもそれこそ企業イメージに関わる。あと一度引き受けた後で断れば、確実にその少女は泣くだろう。

ゼータは別に子供が嫌いではない。それは多くのみなしごの世話をしているアキラも同様。

なんやかんや似た嗜好《しこう》を持つ上司二人は、無理やり休日出勤に納得するしかないのである。

「と、いうわけだ。この依頼を今日中に片付ければ、それこそ損害はお前の休日手当だけで済む。俺とこいつは無賃金だ。文句あるか？」

「自業自得と言えなくもないですが……ま、金が貰《もら》えるならしょーがないっすねぇ」

もうすぐ三番目の子が誕生日ですし、と告げてくるアキラの目はあからさまに嫌みったらしい。

このまま夕飯代もゼータが自腹を切ることになりそうだと覚悟するため息が、森林の中に響く。

そんな気まずい様子なんかてんで知らないとばかりに、フェイの声音は陽気だった。

「目的地の『エキナの町』はもうすぐなんですよね？」

「この林を抜けた先だな。アガツマはデカいわりに殺風景な街だが、エキナは今までで一番綺麗《きれい》な町だと思うぞ。こんなモンスターが蔓延《はびこ》りだす前は、観光地としても栄えていたらしい」

「へぇ……それは楽しみですね！」

「ほら、壁が見えてきた」

どんなに綺麗な観光地だろうが、今の時代はどこも壁の中の世界。外を行き交うなんて、それこそ行商人か命を懸けた事情がある者くらいだろう。

今回のお届け先の少女の父親も、家族の生活費を捻出《ねんしゅつ》するために出稼ぎしているのだという。

「お父さんの誕生日が近いらしいです。だからそのお祝いに描いた絵を届けてほしいと……こういう話、世の人間たちは好きなんでしょう？」

「その言い方は、まるで自分は好きじゃないみたいっすね」

「読者を感動させる創作物のテンプレートとして記憶《インプット》されてますので」

それは機械として、人間を楽しませるための娯楽とでも言うように。

淡々とアキラに答えたフェイの頭を軽く小突いて、ゼータは立ち上がる。

「まぁ、見習いの尻拭《しりぬぐ》いも上司の務めだ。ごちゃごちゃ言ってないでさっさと仕事を終わらせるぞ」

「へ〜い」

そして、間延びしながらもアキラがペットボトルを飲み干そうとした時だった。頭上からの「ジュリリ！」という鳴き声に、三人は一斉に身構える。案の定、枝葉の間から襲い掛かってくるのは大型の鳥。羽は黒く、腹部が白い色合いはまさに可愛《かわい》らしいつばめを連想させるが、そのサイズは二メートル程度。下手したら子供くらい簡単に丸呑《まるの》みしてしまいそうなサイズの鳥が、鋭いくちばしでフェイの身体《からだ》を何度も啄《ついば》む。

フェイは必死に両腕で拒みながら叫んだ。

「おれごと撃ってくださいっ！」

「そんな無茶言われても――」

ターンッ――と。

ライフルの銃声が森の中に響く。無論、撃ったのはゼータであった。

愛用の銃型はバレットM99。比較的ポピュラーなタイプのライフル銃で、特別洒落《しゃれ》ているわけではない。だけど命中精度が高く、使い勝手がいいとゼータ自身も気に入っている。

ゼータがスコープも使わず撃ったのは、大つばめの先にあった木の幹だ。つばめの羽を撃ち抜いたわけでもなく、もちろんフェイに怪我をさせたわけでもない。

それでも……その大きな銃声は鳥を驚かせるには十分だった。フェイに襲い掛かっていたつばめは羽を羽ばたかせ、どこか彼方へと飛んでいく。何もない砂漠ならともかく、こんな森の中ならこのまま撒《ま》いて逃げることも容易である。

ゼータは重さ十キロ程度あるライフルを下ろして、ため息を吐《つ》いた。

「この程度でクライマックスのような台詞《セリフ》を吐くな。俺らの仕事にドラマチックさは要らん」

「言いたいことはわかるけど……なんかムカつくっす」

そう言いながらも、アキラは「大丈夫っすか～」とフェイの服を叩《はた》いていた。この制服は動きやすさのわりに防火性や耐じん性が高い。そのためフェイも髪の毛の何本かは抜けたかもしれないが、特に怪我や故障はないようである。

それにゼータも顔に出さず安堵《あんど》していると――フェイは急にわざとらしく大口を開けた。

「ああああああああああ！」

「どうした。取ってつけたような藪から棒に」

「こんな時、物語のキャラクターならこんな反応をするかと思って――おれなりのジョークのつもりだったんですけど、面白くありませんでしたか？」

――むしろ皮肉だろうが。

ゼータはうんざりとライフルを肩に乗せる。

「冗談より報告が先じゃないのか？」

「あ、失礼しました。どうやら先ほどの鳥に、配達物の手紙を盗まれてしまったようで」

ゼータは、思考にしっかり三秒間かけて。

嫌々ながらのただ働き。ちょっと近くの町に手紙を届けるだけかと思いきや、その手紙自体をモンスターに取られてしまう。しかも相手は飛行型。ゼータが華々しく銃声を響かせたため、どこか彼方へと飛んでいった。その行く先を――わざわざゼータは見届けたりしていない。

事実を把握したあとで、ゼータは仰々しいまでに口を開いた。

「はあああっ⁉」

「オレ、フェイくんと組み始めてすんなりと仕事が終わったことがないような気がするっす」

「奇遇だな。俺もだ」

「すみません……俺が〈失敗作《フェイリア》〉なばかりに……」

いつになく落ち込んだ様子のフェイに、二人も顔を見合わせてため息をこぼすほかない。見習いの尻拭いをするのが上司の仕事と言われれば、その通りなのだから。

だからゼータは話を建設的な方へと変えることにした。

「そんなことより、本当にこっちでいいのか？」

「はい。先のモンスターの生体反応がこちらの方にありますので。ただ起点はあるようなんですけど、あちこち忙《せわ》しなく飛び回っているようで……今はその起点に向かっています」

フェイは二人を先導しながらも、いつもより話し方に抑揚がない。

「てかフェイくん、モンスターがどこにいるかわかるんすか？」

「一度遭遇したモンスターであれば……ですね。モンスターごとに遺伝子が異なりますので、主に嗅覚《きゅうかく》から採取した情報を基に周囲五百メートルくらいなら判別可能です」

「周囲五百って……どのくらいだ？」

小首を傾《かし》げるアキラに、ゼータも淡々と説明してやる。

「半径を歩くなら十分ってところだな。だから範囲全体でいえば、一つの住区画全体……くらいになるんじゃないのか？」

「なるほど……便利っすね！」

森はどんどん深くなり、地面も砂からだいぶ湿り気を感じる感触になってきた。みずみずしい空気。耳に心地よい草葉の擦れる音。たまに見つける小動物の愛らしさ。

一度両手を打ったのに、再び首をひねるアキラにゼータは同様の親しみを覚える。

「あれ？　じゃあ、今まで遭遇したモンスターも事前にわかってたんじゃ？」

「それはまた別問題ですね。まぁCPU《処理装置》をそちらに優先させれば事前察知することも可能ですが……言語機能や表情機能との両立が難しくなるので、あまりやりたくないです」

「そっか～。やりたくないのか～」

――いや、やれよ。

――お前もこういう時ばかり面倒だからといい人ぶるんじゃねぇよ。

胸中で両者にツッコむものの、なんとか口を動かさなかったゼータである。理由はこの会社の責任者だから。責任者が労働者に契約範囲外の業務を強いるなど、労働基準監督局にチクられたら一巻の終わりである。

ともあれ、こうして「この辺ですね」と自らの失態を挽回《ばんかい》できるだけ、立派な見習いではなかろうか。たとえ依頼物の可愛らしい便箋《びんせん》が鳥の巣の一部に使われていたとしても。

顔を上げたアキラがおそるおそる指を向ける。

「もしかして……あれっすかねぇ？」

「あれだろうなぁ」

「依頼物のサイズ、重さ共に完全に一致しています。間違いなくあれです」

なかなかの大木だった。その太い枝の根本に作られた鳥の巣のサイズもなかなかに大きい。下手したら社員寮の風呂釜《ふろがま》くらいあるのではなかろうか。たとえユニットバスだろうと、ないよりはマシだろうとそこは寮の物件探しで譲らなかったゼータである。一日の疲れを取るには、寝る前に風呂にゆっくり浸かるのが一番だからだ。

そんな社員思いの上司ゼータは、当然のように命じた。

「二人で回収してこい」

「ま、そーなりますよね～。フェイくん、木登りの経験は？」

アキラからの質問に、探索をやめてCPU《処理装置》に余裕が出たのだろうフェイは威勢よく答える。

「ありませんっ！」

「じゃ、練習ということでやってみましょうかね～。たまに木の上に逃げたりするケースもあるから、できて損はないっすよ」

そう話しながら、幹に手をかけヒョイヒョイッと駆け上がる。当然上司として木登りくらい履修しているゼータである。その見立てからしても、少し遠回りながらも素人でも登りやすいルートを選んだようだ。

——見立て通り、なかなかいい先輩やってるな。

実際「面倒」と言いながらも、こうしてよく後輩の面倒を見てくれている。

——これで同期もいたら、きっと……。

叶《かな》えてやれなかった未来にゼータが一瞬目を伏せた時、アキラが目的の高さまで着いたようだ。

「ほい。こんな感じで……できそうっすか？」

「やってみます！」

元気に返事をしたあと、フェイも躊躇《ためら》うことなく幹に手をかけた。そしてゼータは目を瞠《みは》る。その動きは一分の狂いもなく、アキラが登った通りのルートと速さで同じように登っていったからだ。

そんな機械じみた後輩に、今更アキラは驚かないらしい。

「おお。さすがっすね～」

「先輩の手本がいいからです。動きをコピーしただけなので」

「へぇ、お世辞も上手《うま》いじゃん」

「今のはただの事実ですよ」

——いや、だから順応早すぎるだろう。

フェイが働きだして、まだ一週間。

もう少し自分とまったく同じ動きをした後輩を怖がるとか。それとも上から見ていたからそれに気づかなかったのか。そんな若人たちは和気あいあいと互いを褒め合って、ようやく本題へと回帰するらしい。

「さて、それじゃあ手紙の回収を――あ、アドゥル副長～。このモンスターの卵、どうします？」

「いくつあるんだ？」

「七つっすね」

「大罪か」

七つの大罪――傲慢《ごうまん》。強欲。嫉妬《しっと》。憤怒。色欲。暴食。怠惰。それらは人間を罪へと導く恐れのある感情として、多くの宗教でそれらの感情に呑まれぬよう注意を訴えている教会用語である。人類の長い歴史の中で、それらが八つに増えたり順番が変わったりと色々あるようだが……ゼータは宗教家でない以上、詳しくは知らない。

――縁起も悪いしな。

だけど、そのまま命の誕生を祝える事柄でない以上、そういった何かに絡めて理由付けしてしまうのもまた人間としての業だろう。

「あの親鳥には可哀想だが、全部割って――」

「副長っ！　フェイくんの様子がおかしいっす！」

木の上のアキラが声を荒らげる。

その動揺を落ち着かせるためにも、ゼータは淡々と告げた。

「具体的に説明せよ」

「なんかこう……まばたきせずに、ずっとブツブツ言っている感じで……」

直後、うつむいていたフェイが急に顔を上げる。

「承服しかねますっ！」

「わっ⁉」

その大声に、体勢を崩したアキラが枝から落ちそうになるも……即座に枝を掴《つか》み直しては、鉄棒の要領でぐるんと元の位置へと戻る。そんな彼が「いきなりやめてよ！」と文句を口にする一方、ゼータは冷静に問うた。

「理由を述べよ」

「……可哀想だからです」

「とても納得がいく理由とは言えんな」

——普通の見習いならともかく。

フェイは機械だ。同僚と仲良くするであれ。少女のためにただ働きするであれ。そこには必ず仕事の成功率や社風イメージなど、彼が演算した上でプラスになる要因があったはずである。

だけど今回はマイナスしかない。しかも、その理由が『可哀想』という感情論。本来なら、一番彼からかけ離れた理由であろう。

だから尚更、彼が機械だから、人間だからといって、ゼータが説く内容は変わらない。

「わからないとは言わせないぞ。このまま卵が孵化《ふか》すれば、七体も新たにモンスターが生まれることになる。この森を通るのはお前だけじゃない。他の〈女王の靴《レギーナ・スカルペ》〉の局員だってそうだし、物流業者だって馬車を引いて食料などを毎日各町へとせっせと届けている。そんな彼らを危険な目に遭わせてもいいのか？」

それに、フェイは唇を引き絞ってから静かに首を振る。

「……よくありません」

「なら、今やるべきことは一つだろう。こんなにもラクに危険を回避できる機会なんてそうそうない。別に俺らは世界防衛隊でも正義の味方でもないから、危険を顧みてまでモンスターを駆除しろとは言わん。だが、労力もなく排除できるなら、してやるのが道理じゃないのか」

だから――と、ゼータが結論を述べようとした時。

フェイは静かに口を開いた。

「……なら、おれも廃棄されるべきだったのでしょうか」

「脈絡がわからん。手短に説明しろ」

「今、研究所にいた頃の記憶《データ》を見ていました。その光景が、この卵から類似しているように感じたんです」

本来なら心地よいだろう風が、フェイの赤く爆発した髪を揺らす。

「動力を与えられる前の同型の身体《からだ》がたくさん並べられているんです。一見、違いなんてまるでわからない。全部、自分と同じ身体。だけど……少しでも研究データに過不足があれば、あっという間に処分行き《ロスト》です」

その話をアキラも彼の隣で聞いている。あからさまに訝《いぶか》しんだ様子ではあるが、特に口を挟むつもりはないらしい。

そんなアキラの様子を気にすることもなく、フェイは質問したゼータに向かって言葉を返す。

「おれは、〈失敗作《フェイリア》〉ですから。あのまま〈運び屋《スカルペ》〉の人に出逢《であ》えなかったら、そのまま処分《ロスト》されていたはずなんです」

――機械人形《オートマトン》に、情緒か。

正直ゼータとて、機械人形《オートマトン》のことはほとんどわからない。ただ、今まで聞いた彼の話から推察するに……彼は廃棄直前に研究所やらを抜け出し、運よく出会った〈運び屋《スカルペ》〉にアガツマの街まで運んでもらったという。

もし、その話が本当ならば……おそらく開発されていた機械人形《オートマトン》が〝体だけ〟ということはないだろう。フェイの同型のみならず、あらゆるパターンを考慮したスペアや細部の違いがある仲間がたくさんいた可能性も少なくはない。

それらを『あっという間に処分』ということは、研究費用の潤沢な機械人形《オートマトン》研究所が、世界《ノクタ》の地のどこかにあるということになる。

――だけど自分のスペアに同情するなど、本当に機械の所業か？

「フェイ＝リアに問う。先日お得意さんの漫画原稿を運んだ際、お前はアキラに助けられたな？」

その話題に、今までだんまりだったアキラが口を開きかける。だけど、それを一瞥で制して。

目を丸くしたフェイが「はい」と肯定したのを確認してから、ゼータは質問を重ねた。

「その理由を、お前は『荷物の安全』だけだと、本当に思っているのか？」

「え……あの時、たしかにアキラ先輩はそうおっしゃっていたと記録してありますが」

「アキラがお前とレテを重ねて助けたという可能性は、お得意の演算で出てこなかったのか？」

「あっ……」

詳しく説明せずとも、フェイなら覚えているだろう。

レテ＝マルザークはアキラの同期だ。任務中に亡くなり、フェイの勤務初日に届けた遺体の人物。

あの時のアキラが、蟻地獄に襲われたフェイと死んだレテを重ねたように。

今のフェイが、人の手で壊されそうな卵と研究所の自分と同型人形を重ねて。それをどうにか阻止しようと、上司の命令に背こうとしている。

――自覚なくとも先輩の真似をしようなんて、可愛《かわい》い後輩じゃないか。

元からフェイに備わっていた情緒なのか、それともこの一週間で身に付いたものなのか。

どうせなら後者だと面白いとその『先輩』を見やって――ゼータは小さく呻《うめ》く。

その『先輩』ことアキラが、物凄《ものすご》い形相でゼータを睨《にら》んできていたから。

さすが、元スラムのチンピラ。今から命を取られそうなほどの凄《すご》みである。

ゼータはその殺気をいなすため、咳払《せきばら》いをしてからフェイだけを見て話す。

「お前がこれから選ぼうという行為は、レテのような〈運び屋《スカルペ》〉を増やすかもしれん行為だ。それは同時に、モンスターに殺されそうになった誰かを助けようとする、アキラのようなお人好しをも殺す行為になる――それでもなお、お前はそのモンスターの卵を選ぶのか？　お前が好みそうな言葉を選ぶなら……まだ生まれてもいない命だ。物を壊すのと同じじゃないのか？」

その問いかけに、フェイは眉根《まゆね》を寄せながら笑った。

「ごめんなさい。それでも……おれも『物』ですから」

「それは女王《レギーナ》に踏まれながら命令されたとしても、断る覚悟なんだな？」

「……はい、申し訳ありません」

――ここまで言っても聞かんなら、仕方ないか。

ゼータは頭を押さえながら嘆息する。

「それならもう勝手にしろ。その雛《ひな》にお前が食われたって俺は知らんからな」

「はいっ‼」

フェイの笑みが、太陽のように眩《まぶ》しすぎて。

ゼータが視線を逸らしている間に、彼らは無事に手紙を回収したらしい。ならば、あとは親モンスターが戻ってくる前に退散するのみ。この場で戦闘になれば、それこそ卵の無事は保証できない。

そのことをフェイも承知しているのか、誰よりも早く「それじゃあ早く届けましょう」と前を歩き出す。その今にもスキップでもし始めそうな見習いの背中を見ていると、一歩遅れて下りてきたアキラが不機嫌そうにゼータに訊《き》いてきた。

「ほんとにいいんすか？」

「ずっとだんまりだったお前が言うか？」

「二人で責めたら可哀想でしょ」

――どれだけいい先輩だよ。

アキラとて、ゼータからしてみればれっきとした後輩だ。つい話のダシに使ってしまった可愛い後輩の頭を、ゼータはわしゃわしゃと掻《か》きむしってやる。

そして、ゼータはそっと手紙の汚れを丁寧に払っている嬉《うれ》しそうな見習いを見やる。

「仲間割れしてまでずることじゃないだろ」

〈女王の靴《レギーナ・スカルペ》〉はただの運び屋。正義の味方ではないのだから。


「でも驚きました。モンスターも繁殖するんすね！」

「まぁ、そうでもなきゃここまでボコボコ湧いてこないだろ。子孫を残そうとするのは理屈じゃないんじゃないか？　俺には経験がない話だが」

歩きながら、見習いの素朴な感想に何気なく答えたゼータである。しかし、半歩後ろから身を乗り出してきたアキラはニヤニヤ笑っていた。

「え、副長。経験ないんすか？」

「……そういう意味じゃないからな‼」

結局その後も、三人に気まずさはなく。

そんなくだらないこと話しながら、ようやく『エキナの町』に着いたのは夕方だった。

子供からの依頼。当然、宛書を書いたのも子供だ。正直ほとんど住所が読めなかったものの……そこは機械人形《オートマトン》がしっかり覚えていた。少女から聞き取った、つたない父親の情報。それを基に、少女の父親を捜し出すのでまた一苦労だったけど。

「ありがとうございます……本当に……ありがとうございます……」

作業着姿の大の男に泣きながら感謝されるのは、居心地が悪いほどむず痒《がゆ》い。

そんな父親に肩を竦《すく》めてから、三人は父親に別れを告げる。

「これが『しあわせを届ける』ってことですか……いいですね。完璧《かんぺき》なハッピーエンドだ！」

「俺らにまともな賃金が発生したらの話だがな」

オレンジの日差しの中で賑《にぎ》わう自然豊かな町並み。

いつになくご機嫌なフェイとウンザリした様子のゼータをよそに、アキラがチラッと振り返る。

今も配達先の父親は頭を下げ続けていた。自分たちが見えなくなるまで、そのままでいるつもりなのだろう。自分が持たないからこそ、羨《うらや》むのもまた人間だ。

「家族って、やっぱりいいもんっすよね～」

「お前もそろそろ作ればいいじゃないか」

アキラは今年で十七歳。町ごとに異なるケースもあるが、アガツマを含めて大体の町が、結婚を十五歳から認めている。給料も人並み以上稼いでいるわけだし、本人がその気になればいつでも結婚くらいできるだろう。

だけど、アキラはゼータの言葉を鼻で笑い飛ばす。

「いやぁ、これ以上はさすがに面倒見きれないっすよ～。でも、副長が結婚したらオレも考えないこともないかも？」

その仰ぎ見てくる挑発的な瞳に、ゼータは思いっきり顔をしかめた。

「……それ、俺が一生結婚しないとか思ってないか？」

「フェイくん。副長が結婚できる可能性とか計算できないんすか？」

「そうですね……アドゥル副長が五年後に結婚している可能性は――」

「やめてくれ！　聞きたくないっ‼」

ゼータが結婚したいかしたくないかは置いておいたとしても。

やっぱり誰かから『お前結婚できねーよ』と言われたら、それはそれで虚《むな》しいもの。

ゼータは後ろで後輩二人がやんや騒いでくる中、目についたコーヒーショップで一杯のコーヒーを注文する。ジャラジャラと大量の小銭を出し、店員に嫌な顔をされていると――後ろからアキラが覗《のぞ》き込んできた。

「うわ、珍しい。副長は小銭を持たない主義じゃありませんでしたっけ？」

「これが今日の依頼料だったんだよ」

今の時代、小銭はどの種類もプラスチック製でとても軽く、それこそおもちゃのようなもの。

少女から貰《もら》ったチャラチャラとした依頼料を、ゼータは父親にこっそり返そうとも思ったのだ。

しかし、『遠くで一人働くお父さんのために』と懸命に貯めたであろう彼女の気持ち《依頼料》を返してしまうのも、また何か違うような気がして。

その小銭は全部数えても、四八〇オルド。ちょっとお高いコーヒー一杯がギリギリの金額だった。

少し高いと言っても、いつもゼータが朝に飲んでいるコーヒーの方がよほどいい香りがする。

「ほら、三人で分けるぞ」

このあと、ゼータはきちんと自分が気に召す高級店で二人に夕飯を馳走した。

だけど、その高級レストランの料理よりも、この三人で分けたちょっとだけお高いコーヒーの方が何倍も美味《おい》しく感じたのは――結局『いい話』が好きなゼータだけの秘密である。


そしてまた翌週の休日。

――今日こそ、見習いの新居を完成させてやらねば。

先週の休みは結局半分までしか買い物ができなかった。最低限の家電は揃《そろ》えたが、肝心のベッドを買っていなかったし、カーテンすら付けていない。どうせなら観葉植物の一つくらい、引っ越し祝いで贈ってやってもいいだろう。

そんな意気込みで、またゼータは何気なく社員寮の前に来てみれば。

赤毛を爆発させた見習いフェイが、優しそうな老婆と話しているところだった。

「もうすぐ遠くに行った娘が母親になるらしくてね。お金はないから依頼はできないんだけど、気持ちだけでも届けばと手作りでベビーミトンなんか作っちゃって……」

「それなら、おれら〈女王の靴《レギーナ・スカルペ》〉にお任せ――」

ゼータは先週、『いくら相手が子供だろうと、仕事を安請け合いしてはいけない』と教えたつもりである。だけど『相手がご老人でも同様だ』と言い聞かせた覚えはない。

「待てーいっ‼」

ゼータは慌てて止めに入るも、人の多い通りでは時すでに遅し。

三人の貴重な休日は、またも潰《つぶ》れることになったのである。

第四章　オネエはパン屋に薔薇《ばら》を贈る

フェイは『花』というものをほとんど見たことがなかった。

正直、存在意義すらわからない。まず砂漠に囲まれたアガツマの街で自生するものではない。突出した栄養素があるわけでなく、食料とする機会もごくわずか。それなのに、人はわざわざ他の町から『花』を運んできては、家に飾ったり、誰かに贈ったりするらしい。

鑑賞――その行為に、どんな利点があるのだろうか。

フェイは初めて所有した自宅の中で、観葉植物をじっと眺める。

ゼータは『俺からの入職祝いだ。他のやつらには内緒だぞ』と、ゼータ個人の私財からこの植物を買ってくれた。言いつけ通り、毎日少量の水を与えているけれど……家の中にあるもので、唯一その存在意義が理解できない。

なぜ、ゼータはこの飾るだけの植物を贈り物として選んでくれたのだろうか。この植物を視界に入れることで、どのような効果があるのだろうか。

なぜ、ゼータは植物を贈ってくれたのだろうか。その日は他にも、家電などたくさん買い物をしたというのに。なぜ自分にだけ入職祝いをくれたのだろうか。

「あ、時間だ」

そんなことを分析していると、出社時刻となった。

時刻はフェイの体内で常にカウントされ続けている。

だけど、見る必要のない掛け時計に敢えて視線を向けてから――フェイは新人らしく、慌てた素振りで自宅を飛び出した。

◆

「やったぞ！　ついに俺が貴様を抜いてやったぞ‼」

「わぁ、ミツイ君は凄いですね！」

「あら、ほんとね。毎日頑張っているものね」

アキラが出勤すると、見習い三人は今日も和気あいあいと掲示板の前で盛り上がっていた。

彼らが入職して一か月。最初は細かい失敗ばかりだったミツイだが、最近は仕事になれてきたのか、ちゃんとレベル通りの星を稼げるようになったらしい。元から、彼の所属する二番隊はコンスタントに任務を遂行するチームだ。一番隊がゼータの気分で余り仕事を処理する一方、二番隊は中程度ランクの任務を一日一定数こなす。そのため、失敗さえしなければ二番隊所属のミツイが一番有利なゲームなのだ。

――元々、一番能力にそつがないのもミツイくんらしいっすけどね。

あくまでゼータから聞いた話だが。

体力と気力、知識に銃火器技術。突出してずば抜けてはいなかったが、全てにおいて高水準だったのがミツイだったらしい。しかも、フェイに対しては好戦的だが、チームメイトに対しては気配り上手で協調性もある。〈星集め〉には有利な二番隊だが、それだけ仕事がハードということだ。

それに対して、この一か月一言も愚痴を口にしていないとのこと。

ちなみに、同じく同期入社の紅一点ニコーレは、彼に比べたら全体的に能力が一段下、ということになるらしい。だが入職試験の合格ラインにはそれぞれ十分に到達しているし、やたら銃火器の扱いに手慣れていたという。それと、女性というだけで貴重な人材である。

そして……アキラが直接面倒を見ているフェイはもう別次元だ。

「その笑顔はなんだ⁉　もっと泣いて悔しがれ！」

「え、なんでですか⁉」

たしかに能力は高い。物覚えも早い。とても律儀で可愛げもある。だが、そもそも人間ではない。

そのせいか、こうして人の気を逆立てるのも天才的で、それが無自覚だから余計にたちが悪い。

——ま、一定の距離感を保てば、扱いやすいんすけどね。

「ほら、フェイく〜ん。そろそろ行くっすよ」

「わかりましたっ！」

呼ぶとすぐ来る赤いボサボサは、それはそれで可愛かったりもする。彼のうしろで何か喚《わめ》いている見習いも可愛げがあるといえばあるのだろう。

——そう考えれば、今年の見習いはマシなのかも。

——少なくとも……去年の尖《とが》りまくっていたオレよりは。

そうアキラが苦笑していると、後ろから付いてくるフェイが聞いてくる。

「今日は隊長が他の人になるんでしたっけ？」

「そ。アドゥル副長は月末処理って事務仕事で大忙しらしいからね。その間オレら一番隊は業務量を減らすってわけ」

実際、他の一番隊の二人は本日有休消化中である。

それは同時に、見習いらの〈星集め〉ゲームには不利だということ。

それでも欠片も慌てる様子も悔しがる様子もないフェイに、アキラは興味本位で聞いてみる。

「フェイくんは〈星集め〉に興味ないの？」

「そういうわけではないですよ。これでも勝てたらいいなと思ってます」

——全然そうは見えないっすけどね。

彼のライバル（？）であるミツイの熱意は一目瞭然《いちもくりょうぜん》だ。ステラ隊への配属を希望するのだろう。

もう一人のニコーレは……アキラは直接関わりがないこともあり、謎であるが。

「何か欲しいものでもあるんだ？」

「はい！　アドゥル副長にお願いしたいことがありまして」

「ふ～ん」

——機械人形《オートマトン》が欲しがるものって何だろ？

改造パーツが欲しいとかであれば、それはそれで男心をそそるのだが。

──でも、聞かない方が得策かね。

なぜなら、面倒だから。

チームメイトとして面倒を見ることは決めたが、だからと言って私生活まで深入りするつもりはないアキラである。公私混同してしまえば……また仲間を失った時に苦しむのは自分だ。

──また副長におちょくられるのも癪《しやく》っすからね。

そんな先輩心を一切知らないであろう見習いは、呑気《のんき》に質問を重ねてくる。

「今日の隊長はどこにいらっしゃるんですか？」

「先に下で待ってるってさ」

「毎朝の朝礼ではご一緒してますが……どんな人なんです？」

アキラも先輩といっても、所詮《しよせん》は二年目。いつも通りピンクの扉の前で「ぼくの女王様《レギーナ》♡」と尻《しり》を振っている副局長の代わりに、入職一か月の見習いと同時に面倒見てくれる有能で優しい先輩の姿を思い浮かべ──アキラが頰を搔《か》いた。

「あ～……見たまんま、オネエっすかね」

ジェンダーレスの時代。そのような服装や口調も本人の自由であるが……それでも彼らのような存在は絶対数が少ないもの。少ないものは珍しい。すなわち人生のデータが少ないフェイにとっては好奇心の対象となるようである。

〈女王の靴《レギーナ・スカルペ》〉の玄関口を出ると、そこに一人の〈運び屋《スカルペ》〉が待っていた。フェイは嬉々《きき》と近づき、頭を下げる。

「今日はお世話になります！　レヴィ＝カッサーノ先輩‼」

「は〜い、よろしく♡　アタシはゼータみたいに堅苦しくないから、気軽にやってちょうだいね。アタシのことも『レヴィちゃん』でよろしく♡」

いつもより目をキラキラさせて挨拶《あいさつ》するフェイに、レヴィも愛想よく片手を上げていた。

少し浅黒い肌のゼータ並みの高身長。目鼻立ちもしっかりしており、普通にしていればかなりの好青年だろうが……そのゆるやかな長髪の色は真っピンク。爪も綺麗《きれい》にデコレーションネイルが施されており、〈運び屋《スカルペ》〉の制服もおしゃれに着崩している。

そんなゼータと同い年の先輩は大量の紙袋を抱えていた。

それに、少し遅れて玄関口を出たアキラは苦笑する。

「レヴィちゃん。今日もいつものパン屋さんっすか？」

「そうそう。アキラちゃんも食べるデショ？　フェイちゃんも……食べられるんだっけ？」

「はい、疑似消化機能は備わっています！」

「じゃ、食べながら集荷に行きましょ♡」

レヴィは手慣れた様子で、ハートが飛びそうなほど可憐《かれん》なウインクを放つ。


「もうレヴィ。また来たの〜⁉」

「さっきはプライベート。今はお仕事♡　依頼したのはそっちデショ？」

「それはそうなんだけど〜。レヴィが担当とか、なんか恥ずかしいじゃ〜ん」

「ウフフ♡　アタシとアンタの仲で、今更なに言ってんのよ～♡」

〈女王の靴《レギーナ・スカルペ》〉のすぐそばにあるパン屋さん。そこは路面にも窓口があり、その中にいる三つ編みの店員とレヴィは親しげに話している。

新しい店舗には見えず、繁盛している様子もない。むしろ少し離れた場所にある同系統の店舗の方がよほど人の出入りが多いように見受けられる。

そんな店先から少し離れた場所で、アキラとフェイはレヴィの長い集荷作業を待っていた。

その間にフェイが訊《き》いてくる。

「あのお二人は知り合いなんですか？」

「そ。幼馴染《おさななじみ》ってやつみたいよ」

「おさななじみ……」

フェイは思案する素振りをしてから、どこか遠い目で集荷作業を見つめていた。

「おれとミツイ君も、いつかあのくらい仲良くなれるでしょうか……」

――いやぁ、無理じゃないっすかね～。

この一か月、フェイの『ミツイ君とお友達になろう大作戦』は続いているらしい。

ミツイがいればすぐに笑顔で話しかけ、配達先で珍しいものがあれば入ったばかりの給金でお土産《みやげ》を買ってみたり、フェイから見て仲良さそうな人々を見れば真似しようとしてみたりと……本人なりに努力はしているようだが、二人の仲に進展は見られない。

なので即座に無理と思うものの、アキラは「なれたらいいっすね」と無難に答える。面倒だから。

教えるべきことは教える。いざって時に足を引っ張られたら面倒だから。

もちろんピンチだったら助けてあげる。目の前で死なれるのも面倒だから。

何事も深入りしすぎない。適度な距離感を保つ。だって彼は職場の人間であって、家族ではない。

それが二年目〈運び屋《スカルベ》〉アキラ＝トラプルカの目下の目標である。

そんな雑談をしているうちにようやく集荷作業が終わったらしい。だけど、戻ってきたレヴィの手には今日の届け物であろう小箱だけでなく、なぜかまた新しい紙袋もあった。

「えっ。レヴィちゃん、またパン買ったんですか？」

「あのコってば、ほんと商売上手ねぇ～。マ、アタシもお金には困ってないからいいんだけどさ？」

そう言いながら、ちゃっかり再び中身をアキラとフェイに押し付けてくる。

「オレ、もう腹いっぱいなんすけど……」

「なによ。若いんだからもっとたくさん食べなさいよ～。アタシが見苦しくなってもいいの？」

モデルのようなポージングを決めてくるレヴィだが、アキラはジト目を崩さない。

——女装男の見た目なんて、心底どーでもいいんすけど。

それでも、そんなこと言おうものなら大乱闘になるのが見えているから。

アキラは今日も面倒を避けるために「いただきま～す」とパンを一つだけ受け取ることにする。

配達中恒例のお喋《しゃべ》りタイム。

チームメンバーによっては会話がなくて気まずい思いをする日もあるが、レヴィがチーム内にいる限り、沈黙とは無縁である。

「――それでアタシたちガッコは一緒だったんだけど、セルバは転勤族になっちゃってさぁ。アンネとセルバは遠恋《えんれん》しているの。今日はセルバへの誕生日プレゼントを届けるってワケ♡」

「えんれん？」

「遠距離恋愛ってコト♡　遠く離れていても、愛を育む。アタシの幼馴染かわいいデショ？」

フェイの質問に、レヴィはうっとりと頬に手を当てていた。

そんな楽しげな様子に、アキラは釘《くぎ》を刺す。

「いいんすか？　お客様情報をそこまで話して？」

「さすがゼータの秘蔵っ子ねぇ。でもそんな細かいところまで似ていると、いつかアキラちゃんの眉間《みけん》にもふか～いしわができちゃうわよ？」

アキラの眉間をツンッと突いてくるレヴィだが……その長い爪で突かれると、けっこう痛い。

――色はどーでもいいんすけど、長さは短くしてもらいたいっすよね～。

それで血が出たこともあるアキラは、今回はどうかなと自分の額を撫《な》でながら「ははっ、それは嫌っすね～」と愛想笑いを浮かべる。今回は無事だったようだ。

アキラがこっそり安堵《あんど》の息を吐《つ》く一方で、レヴィの話に興味津々のフェイは彼（彼女？）に食らいついているようである。

「レヴィちゃん先輩は荷物の中身もご存知なんですか？」

「ええ。一緒に選んだもの♡　今年はネクタイピンよ。去年はネクタイだったの」

「えっ？」

アキラは慌ててフェイの持つ（やっぱり自分が持つといって聞かなかった）荷物伝票を確認する。

その伝票にはしっかりと『ＮｏＭ《機械ではない》』と書かれている。

アキラは眉根《まゆね》を寄せた。

「そのネクタイピンって木製？」

「そんな渋いの、アタシがプレゼントに選ばせるわけないじゃな～い！　銀色のシンプルでオシャレなやつよ？」

――金属じゃんっ‼

『何でもない場所』に蔓延《はびこ》るモンスターが食すのは機械――すなわち金属だと解釈していいだろう。実際、人体の骨もカルシウムという金属元素でできているので、人間が狙われない理由と矛盾してしまう部分もある。しかし現実問題、錆《さ》びた鉄骨を『何でもない場所』に放棄した際、一晩経《た》たずしてそれらはモンスターの餌になったという。

すなわち、サイズからして小さくともネクタイピンだってＮｏＭではない。

Ｃランク任務として、モンスターに狙われる可能性は十分にあるのだ。

アキラは低い声音で問う。

「虚偽伝票……なんすけど？」

「だって、そのコはどのみち機械なんでしょ？」

煌《きら》びやかな爪先で指すのは、もちろん機械人形《オートマトン》のフェイ＝リア。

目を丸くしている赤毛の見習いを見下ろして、レヴィは口角を上げた。

「中身がなんだって配達難易度に変更ないいんだから、関係ないじゃな〜い♡」

「でも、料金が――」

配達料金の値段は、運ぶ内容によって大きく変わる。それこそ重量も大きな要素だが、配達難易度……つまり金属の使用割合や大きさによって、値段は大きく跳ね上がる。だってその分、モンスターに襲われる危険性が伴うからだ。

よくゼータが言うように、〈運び屋《スカルベ》〉の安否は評価には影響しない。お客様には関係ないから。

だけど、それはその分の金額を頂戴《ちょうだい》しているからだ。

危険料金を受け取っている以上、その分の危険な仕事をして当然である。

その大前提を〈運び屋《スカルベ》〉自ら覆そうとするのは、十分に懲戒免職ものの行為だが……レヴィはアキラより頭半分上の高さから、アキラの襟元を掴《つか》む。

そして耳元で息をたっぷり含ませ、低い声音で囁《ささや》いた。

「ゼータにチクったらアンタのアレ、再起不能にしてやるから」

――ナニを⁉

パッと手を離され、その場で咳《せ》き込むアキラ。そんなアキラに近づいてきたフェイは「アレって何ですか？」と素直に聞いてくるものだから……アキラは二重の意味で頭を抱えた。

――でもほんと、このオネエ有能なんすよねぇ。

「フェイちゃん、三秒進んでからUターン！　そのままアタシの後ろまで走ってきなさいっ‼」

「了解《サー》！」

フェイが初日の時にも戦った巨大赤ワームである。今日は風が強く、動くたびに周囲の砂が大きく舞い上がっている。ザラザラとした風の中、アキラたちは真っ向から巨大ワームと戦っていた。

レヴィの指示通り、ワームにまっすぐ突進していたフェイが急停止。そしてすぐさま踵《きびす》を返して再び走り出す。多くの砂を撒《ま》き散《ち》らしながらレヴィの隣をフェイが通り過ぎた直後——レヴィは構えたトリガーを引き始めた。

レヴィの愛用はアサルトライフル、ベレッタSCS70／90。従来のものより短小化され、肩に当てる固定部分を折りたためば、持ち運びがかなり容易になる代物である。

トリガーもボタン式。単純明快に押している間だけ銃弾が連射されるという突撃に向いた前衛向きな銃を、レヴィは襲い掛かってくるワームの真正面からずっと乱射していた。

しかし銃弾は無限ではない。カートリッジ内の弾が尽きれば、そこで一度止まる。

だけどレヴィは弾が尽きても、カートリッジを代えなかった。

「アタシの派手な髪、かわい～デショ？」

体長五メートルあるワームの口が近づき、その牙《きば》から黄色い酸がレヴィの目の前に滴り落ちる。

それでもレヴィは狡猾《こうかつ》に笑う。アサルトライフルを肩で背負い、空いた片手は腰に置くだけ。

「でも——食べさせてやんない♡」

レヴィの桃色の長い髪がなびく。

「アキラちゃん‼」

「わーかってますよっと！」

その合図で、後方の砂煙に隠れていたアキラが駆け出す。手慣れた様子でワームの背を駆け上がり、その牙がレヴィの頭に突き刺さる直前で――ワームの体躯《たいく》が大きく弾む。

砂地に着地したアキラから見れば、レヴィがワームの口の中から出てきたように見えた。ワームはその場に砂を巻き上げて横倒れになり、これ以上動く気配はない。

そんな真横で、レヴィは平然とカバンから大きなタオルとスプレーを取り出す。手慣れた様子でシュッシュとタオルを濡《ぬ》らし、「このべたべただけは慣れないのよね～」と髪や服に着いたワームの酸を濡れタオルで拭《ぬぐ》っていた。

あのスプレーは〈女王の靴《レギーナ・スカルペ》〉が特注で作っている解毒作用付きの除菌スプレーである。ちなみにあれ一本で、ゼータのシャンプー三本分の値段らしい。それを経費でバカバカ落とすレヴィとゼータが揉《も》めているところを、アキラは何度か目撃したことがある。

ちなみにそのスプレー、最近二種類目ができた。一種は今まで通り無香料。もう一種に薔薇《ばら》の香りが付いたのだ。その開発にレヴィが携わっているらしい。

そんな薔薇の香りのスプレーを今日もふんだんに使ったレヴィはお風呂上《ふろあ》がりのようにタオルを首にかけ、アキラとフェイの無事を目視してからヒラヒラと手を振った。

「はぁ～い、二人ともお疲れ様♡　ゼータから聞いてはいたんだけど、フェイちゃんほんとに使えるのね～。命令も迅速に聞いてくれるし、有望有望。さすが機械♡」

「はい、機械ですからっ！」

——それ、嬉《うれ》しそうに肯定すること？

胸中で見習いにツッコみつつも、アキラは「てかレヴィちゃん！」と詰め寄る。

「もうちょっと早く引いてくれないっすかねぇ。こっちがヒヤヒヤしちゃうじゃないっすか⁉」

「あら〜、アタシのこと心配してくれてんの？　かわいい〜♡　もうこのパンあげちゃう♡」

「それ、ただ残飯処理したいだけでしょ？」

そうは言いつつも、本日の隊長の機嫌を損ねて良いことなど何もない。

アキラはそのぬるくて潰《つぶ》れたパンを、ふてくされながらも頬張る。


そうして、たどり着いたオフェリアの町。

ここは一見アガツマと似たような雰囲気の町だ。砂漠の中にぽつんとある、壁の中の町。

だけど何が違うかといえば住民の雰囲気だろう。あちこちから喧噪《けんそう》が聞こえ、並ぶ店自体もどこか薄暗い雰囲気が多い。大昔はオフェリアという清らかな女性がこの町を統治していたらしいが
……何の因果か、時代が変われば、周辺で一番荒れた町になってしまっていた。

そんな煙たい町でも、足取り軽くキョロキョロしている見習いフェイを、アキラは後ろからため息交じりで注意する。

「気になるものがあっても、突撃しちゃダメっすからね〜。面倒にしかならないんで」

「善処しますっ！」

「いや、そこは絶対守って？」

言っても無駄なことを悟りながら、アキラが肩を下げていると。

レヴィが隣でくすくすと笑ってくる。

「しかし、ほんとにいい先輩してんのね～。もっとテキトーなのかと思ってたわ」

「レヴィちゃんが『がんばれ～♡』て応援してくれたからでしょ？」

「あら♡　二年目になるとそんなおべっかも使えるようになるのね～。今日一緒にお泊まりでもしちゃいましょっか♡」

自分より背の高い男に腕を絡ませられても、まったく嬉しくないアキラだが。やけに華々しい『イイ女』特有の薔薇の香りがするから余計に残念でしかない。

「オレ、そっちの気ないっす」

「奇遇ね。アタシも♡」

そんなくだらない話をしていると、あっという間にたどり着いた目的地は町役場だ。

それに、アキラは目を見開いた。

「あのパン屋のお姉さんの彼氏、公務員なんすか？」

「ええ、そうよ。有能でしょ♡」

「へぇ～。じゃああのお姉さん、玉《たま》の輿《こし》じゃないっすか！」

町役場に勤めているのは、当然公務員だ。役人は町ごとではなく、国が一括で雇用した人材を各地に配置している。中央区の幹部役人はもちろん高給取りだし、地方役人も地域手当というものが付くため、けっこういい給金となるらしい。ましてやこの治安の悪いオフィリアの役人となれば、手当もそれなりだろう。

高給取りということで、アキラも一度は憧《あこが》れたことがあるのだが……〈運び屋《スカルペ》〉と違い、学歴が物を言う世界である。たくさん勉強して、いい学校に入って、その中でもたくさん勉強して……そうして選ばれたエリートだけがなれるのが公務員。

同じ高給取りだとしても、孤児でもなれる〈運び屋《スカルペ》〉と社会的ステータスは雲泥の差。

そこで、ふと気づくアキラである。

「あれ？　三人は地元が一緒だったとか？」

「いいえ、アンネは元からアガツマだけど、アタシは南部出身だからね。今から会うセルバは東部だったかしら？」

「え……だって学校が一緒だったとかどうとか……」

「そうよ？　ノクタ公立新政学校。初等部からの付き合いね」

「ハァ⁉」

世界の名を冠した学校は、もちろん世界随一の偏差値を誇るエリート学校である。

世界の名だたる官僚たちの出身校がノクタ公立新政学校だし、そのまた子供もノクタ公立新政学校に通い、また官僚となる……そんなエンドレスに、このオネエが入り込んでいたという。

当然、アキラの思考は追いつかない。

「あのパン屋のお姉さんそんなに頭が……てかレヴィちゃんがエリート⁉　嘘だあ⁉」

「失敬な。まぁアンネはね、高等部の途中で家業が経済的に危なくなって、中退しちゃったんだけど……アタシとセルバはしっかり最後まで出てるわよ。ちょ〜とガッコじゃ浮いた三人組だったかもしれないけど……セルバも今や立派な公務員だし。アタシだって〈運び屋《スカルペ》〉っていう高給取りになっているんだけど？」

そう赤い唇を尖《とが》らせながらも、「マ、あんたもね？」とウインクしてくる。

アキラは頭を抱えながら、そんなオネエを見上げた。

「いやぁ、でもノクタのガッコ出てるなら、もっと社会的に聞こえのいい仕事にも就けたんじゃないんすか？　それこそ警察とか」

警察官も公務員の一種で、身分と学歴が必要な職業である。仕事内容は街の治安維持がメイン。もちろん要人警護ということで、時にはモンスターと戦うこともあるらしい。アキラは噂程度にしか知らないが、そんな特殊部隊もあるという。

――学歴だって、タダじゃないのに……。

ほとんど孤児として生活していたアキラにとって、それは喉《のど》から手が出るほど羨《うらや》ましかったもの。それをあっさり捨てたらしいレヴィをどこか恨めしい眼差しで見上げていると、レヴィがにっこりと笑った。

「マ、人生いろいろってやつよ♡　ふふっ、フェイちゃん待たせちゃったわね」

「いえ、お話は終わりましたか？」

「えぇ――それじゃあ、お届けも今日はアタシにやらせてもらおっかな〜」

久々の友達と話したいの、とレヴィが手を差し出せば、聞き分けよく荷物を渡すフェイである。

「た～のも～う♡」

そして、堂々と役場の扉を開くレヴィ。

その後ろを、アキラとフェイは一歩遅れて付いていく。

「なんでフェイくん、レヴィちゃんの言うことはちゃんと聞くの？」

「アキラ先輩の言うことも聞いてますよ？」

「嘘だぁ～⁉」

――オレ、フェイくんに舐《な》められてんのかなぁ。

アキラがこっそり落ち込んでいる間に、レヴィはしっかり目的の人物を見つけたらしい。

そのスーツ姿の青年は、いくつも並んだカウンターの向こう側に座りながら半眼を向けていた。

「……レヴィか。おまえ、相変わらず派手だな」

「はぁい♡　愛しのセルバくん。相変わらずいいおしりしてる？」

セルバと呼ばれた彼は、落ち着いた栗色の髪を短く切り揃えていた。スクエア型の眼鏡をかけながらも、うんざり顔さえしてなければ『ザ・公務員』といった真面目な好青年だろう。

そんなセルバは、レヴィに小声で苦言を呈した。

「おまえ、こっちは仕事中なんだから……笑わせないでくれるか？」

「あら奇遇ね。アタシもお仕事中♡」

「ったく、家に届けろよ」

「だってこの時間アンタも仕事じゃない。せっかくならアタシも幼馴染《おさななじみ》に会いたいわ」

その遠慮のない口調からして、本当に彼はレヴィの友人なのだろう。

もちろん、その程度の文句で己を省みることのないレヴィは投げキッスを飛ばす始末だが。

レヴィは堂々とカウンターに頬杖《ほおづえ》をつき、荷物と伝票をセルバに差し出す。

「はい、ここに受け取りのサインだけしてちょうだい。愛しのフィアンセから誕生日プレゼントよ」

「……毎年無理しなくていいのに」

そうため息を吐《つ》くセルバの顔は、どこか優しげに見えて。

レヴィは苦笑を返した。

「そんなこと言うなら、もっとアガツマに行ってやったら？　もう半年は会ってないんでしょ？」

「会えるもんなら会いたいけど……あ、そうだ。少し待てるか？」

「デートのお誘い？　それならチビちゃんたちをある程度のところまで送っていかないと……」

当たり前だが、帰りも当然『何でもない場所』を通ることになる。通常なら帰りは荷物がない分、モンスターに襲われる心配もない。だから各々知人と食事をとってから帰ったりと、ベテランたちは別行動することもある。

だけどレヴィが振り返った先には、キョトンとしているフェイがいる。機械人形《オートマトン》であるがゆえ、否応なく襲われる可能性がある後輩二人だけで帰すわけにはいかないだろうと……考えているだろうレヴィに、アキラは苦笑を隠しきれなかった。

しかし、セルバは否定を口にする。

「違う、配達の依頼だ。アンネに届けてもらいたいものがある」

それに、顔を戻したレヴィは嬉しそうに片目を閉じた。

「手数料、弾んでもらうからね♡」


このようにお客様都合で〈運び屋《スカルペ》〉に待機時間が生じる場合、その分の手数料が発生する。その値段は一時間単位で計算され、今回の場合は二時間なので、ざっとアキラたちが三人でリッチなランチを食べられるくらいである。

「げっ……想定の三倍なんだが⁉」

「エリートがケチケチしないの！」

——ぼったくったな。

少し離れた場所で、仕事が終わったセルバとレヴィのやり取りを再び眺めるアキラとフェイである。今は、セルバの仕事が終わった夕方。セルバが住んでいる官舎まで付いていった三人。

これまた町の雰囲気とは場違いの立派な建物である。話によればまだ新築らしく、こうした建築事業もれっきとした町の発展に貢献しているので、政府は積極的に公的な建物を建築・改装するらしい。その町に住む浮浪者に仕事を与え、回り回って税金を納めさせるのが目的なんだとか。

レヴィらが談笑を始めたのを機に、アキラもフェイに話を振る。

「今回は暇なんじゃないっすか？」

「どうしてです？」

「だって必要業務、全部レヴィちゃんがやってるから」

集荷も。受け渡しも。いつもなら率先して自分がやりたがっていたフェイである。

だからアキラが訊《き》いてみれば、フェイは「そんなことはありません」と赤い爆発頭を揺らした。

「今日は代わりに他のことを学習させてもらってますから」

「他のこと？」

「はい、幼馴染についてです！」

「……なるほどねぇ」

同僚のミツイと、どうも上手《うま》くいっていないフェイである。ミツイの一方的なライバル意識も……従業員みんなわからないでもないので、野となれ山となれ、これもまた試練だと傍観しているのだが。当の本人であるフェイにとっては、見習い試験の結果よりも大事な事柄らしい。

「おれもレヴィちゃん先輩のセルバさんに対する態度を見習えば、ミツイくんとの距離も近づくのではないかと！」

「でも『今日もいいおしりですね！』なんて挨拶《あいさつ》したら発砲されてもおかしくないから、やめておいた方がいいと思うっすよ？」

「え、明日の朝に試してみようと思ってたのに！」

——セーフっ‼

ただでさえ朝から局内にバラまかれたエロ漫画事件も、社内の規律や女性局員への配慮などでなぜかアキラが怒られることになり、けっこう面倒だったのだ。

再び朝いちばんで、局内見習い発砲事件なんて面倒、絶対に遠慮したいアキラである。

そんなことを話していると、レヴィが幼馴染に別れを告げて、一人で戻ってきた。片手に上品な小包を持ったレヴィが片目を閉じてくる。

「アタシがぼったくったの、ゼータにはナイショね♡」

——ま、これでさっきの不正分はチャラになったんすかね。

初めからこれを目論んでいたのか、違うのか。アキラにはわかりかねることだが、ひとまずゼータに怒られる種はなくなった。

フェイもそれらのプラマイに気づいているのか、いないのか。「了解しました！」と笑顔で敬礼するのみである。そんなフェイの頭を、レヴィは満足げにぽふんと叩《たた》いた。

「それじゃあ、愛のキューピッドをしに戻りましょうか」

「パン屋のお姉さんへの贈り物なんすか？」

「そ。誕生日プレゼントのお礼だってさ」

見せつけてくれるわね～と、再び通ってきた道をレヴィが先行する形で戻っていく。

公務員の官舎はオフェリアの町の中心部から離れた場所にあった。そのため、アキラたちは再び中心部を通り、アガツマ方面の『何でもない場所』を目指す。わざわざ壁の外を長く歩きたい馬鹿はいない。

——今からアガツマに戻ると……まぁ日付は変わらないくらいっすかね。

壁の中は夕陽《ゆうひ》が届かない分、もう夜と変わらない。だけどちょうど砂漠では、真っ赤な夕陽が赤々と燃えていることだろう。だけど、それが消えれば急激に気温が下がる。商店の中の時計を覗《のぞ》き見《み》ては、そんな時間を判断して。

アキラはフェイに防寒具の買い足しを提案しようとする。フェイが入職してから、こんなに遅くなったのは初めてだった。〈女王の靴《レギーナ・スカルペ》〉の制服は寒い夜にも対応できるように簡単に防寒具を追加できるような設計になっているが……それでも寒いものは寒い。その寒さが機械にとって耐えうるものなのか、心配して損はないだろうと本人に確認しようとした時――先に話しかけてきたのはフェイの方だった。

「アキラ先輩。この町で〈運び屋《スカルペ》〉はそんなに珍しいものなのでしょうか？」

「ん？　どゆこと？」

「通常より多くの視線が集まっています」

――レヴィちゃんがいるからではなく？

アガツマでも、このオフィリアでも、レヴィはとても目立つ身なりをしている。いかにも『染めてます』と言わんばかりのピンク色の長髪。服越しでも美しく鍛えられていることがわかる筋肉質な長身痩躯《そうく》。目鼻立ちがぱっちりとしている美形な男顔にも、当然綺麗《きれい》に化粧が施されている。女装さえしてなければ『ステラ隊』でセンターを飾れるほどの美青年なのに、今も黒いまつげがひっきりなしにパチパチしているのだ。そしてとどめと言わんばかりに周囲に漂う薔薇《ばら》の香り。

イイ男が、全力で女装している。

そんなやつが、さらにど派手な荒くれ者エリートの象徴たる〈女王の靴《レギーナ・スカルペ》〉の制服を身に纏《まと》っているのだ。目立たないわけがないだろう。

その張本人が珍しく低い声を発した。

「ちょっと道、変えるわよ」

アキラもそれに異論はない。

なるべく自然を装いながら、路地の奥へと歩を進め出す。

──あ～ほんとっすねぇ……。

すると、不自然に付いてくる複数の『いかにも』な人たちを横目で確認して。

今日もまた無難に終わってくれないことに嘆息していると、レヴィが小声で確認してくる。

「フェイちゃんって、普通に人間相手に戦えるコ？」

「対人格闘術なら初期導入《プレインストール》されてますので。命令とあらば人並みにこなせると思います」

日頃モンスターと戦っているアキラたちだが、相手が人間となれば話が違う。モンスター相手ならば、場所も広いし、とにかく倒せばＯＫ。

だけど町の中で人間相手となると……勝手が違いすぎる。この路地裏が狭いというのももちろんだが、特に一番面倒な点は相手を殺してはならないことだ。発砲はＮＧ。拳銃《けんじゅう》の所持も〈運び屋《スカルペ》〉だからと特別携帯許可が下りているだけで、町中の使用許可は下りていない。

もちろんこうした法的問題もあるが、根本的な人道的問題もある。

「アキラちゃんは……得意そうねぇ」

「ま、スラムでは日常茶飯事っすからね～」

実際『格闘技』として戦うなら、十秒ともたない自信があるアキラである。

だけど、ここには白線が引かれているわけでもなければ、ルールがあるわけでもない。

――スラムじゃ人道なんて、足手まといでしかないっすからね。

それでも、今はアキラも〈運び屋《スカルペ》〉だから。会社イメージ的にも人道というものを守らなきゃいけないわけである。ここで警察に補導されようものなら、それこそ〈女王の靴《レギーナ・スカルペ》〉のイメージ問題となろう。ゼータに大激怒されるなんて面倒でしかない。

アキラが「さて」と軽く肩を回せば、レヴィが小さく笑った。

「じゃ、とっとと片付けちゃいましょうか」

そして、くるっとピンクの髪をひるがえす。

「は～い、お兄さん方♡　アタシたちに何のよ～お？」

その舌足らずの話し方に、お兄さん方と呼ばれるには違和感しかないチンピラたちが足を止める。

だけど身構えるだけで誰も何も言わないから、レヴィは肩を竦《すく》めるだけだった。

「あらあら。寡黙なナンパって、ストーカーとほとんど一緒だと思うんだけど」

挑発しても、彼らは睨《にら》みつけてくるだけ。

「つまり犯罪者ってことで、やっつけてもいいってことよね⁉」

そうレヴィが同意を取って、手近なスキンヘッドを蹴《け》り飛ばした時だった。

その後ろからバンッと火薬の弾《はじ》ける音がする。その弾丸がレヴィのなびく髪の間をすり抜ける様をアキラは真ん前から見えていた。

「おおっと！」

考えるよりも前に、なんとかしゃがんでやり過ごす。

アキラが振り返れば、すぐ後ろの壁に小さな穴が開いていた。思わず「ひゅ～」と口笛を吹く。

「いやぁ、いつも撃ってるっすけど、撃たれるのは久々っすねぇ！」

「わかっていると思うけど、町中でマグナムなんてぶっ飛ばすんじゃないわよ。アタシもライフルちゃん我慢するから」

そうこう言いながらも、レヴィは発砲したチンピラの手首を捻《ねじ》り、銃を落とさせる。その銃を遠くに蹴りながらも、そいつの腹部に膝《ひざ》を打ち込み。他のやつらを巻き込むように派手に蹴り飛ばしていた。

「レヴィちゃん先輩、おれはどうしますか？」

「ん、ハンドガンなんだっけ？」

重ねてになるが、〈運び屋《スカルペ》〉に町中での発砲は許可されていない。

だが、振り返ったレヴィは親指を立てていた。

「身の危険を感じたら遠慮しないでよし！」

「あ、それなら大丈夫です。あの程度の一発や二発当たったところで、十秒あれば銃弾の摘出と皮膚の再生は完了しますから！」

自信満々に胸を張るフェイに対して、レヴィは形の良い眉《まゆ》を寄せた。

「……なんかちょっと可愛《かわい》げがないわ」

「えっ⁉」

そうこう言っている間にも、チンピラたちはどんどん湧いてくる。

路地裏に入ったとはいえ、まだ表通りに程近い場所だ。一般市民が巻き添えにならないように、さらに奥へと走り出す。それは特に誰が命じるわけでもなく、全員ほとんど同時に実行したこと。

だけど三人の背中からは、どんどんどんどん殺気が増えていく。

「ねぇ、レヴィちゃん！　なんか増えてきてんだけど⁉」

「やったわね、アキラちゃん。モテ期到来よ♡」

「これオレ追ってきてんすか⁉」

――そりゃあ、昔は追われるようなこともたくさんしたけど？

少なくとも〈女王の靴《レギーナ・スカルペ》〉に入職してから、何も悪いことはしていない。

でも、それもたった一年前である。人間の私怨《しえん》なんて、一年やそこらで簡単に晴れるものではない。その程度で晴れてしまう恨みなんて、恨みでもなんでもないだろう。

だから、「あれでもない、これでもない」とアキラが考えていた時だ。

「その荷物を渡せぇ！」

そのわかりやすい怒号に、思わずアキラは苦笑を浮かべる。

――無難な回答でなにより。だけど……。

今預かっているのはレヴィの友人、公務員セルバから受けた依頼品である。届け先は恋人であるパン屋のアンネ。これもまたレヴィの友人。そんな荷物が、こんなチンピラ大勢から追われるほどの物であるはずがない。普通ならば。

――さて、どーしましょっかね……。

今、一番前を走っているのはアキラだった。そのすぐ後ろにフェイとレヴィが、少し距離を開けてチンピラがわらわら付いてきているかたちである。

アキラはこのオフィリアの地理に詳しくない。それでも裏路地なんてどこも似たようなもんだと勘で走っていると。夜道を斬り裂くように、懐中電灯の光が目の前を照らした。

「きみたち、こっちだ！」

「お、ラッキー」

制服や影の形からして町の警察――通称、お巡りさんである。

堂々と、今回は悪いことをしていないアキラたち。このまま警察に保護してもらえば帰りは明日になるかもしれないが、ゼータに怒られるような結末にはならないだろう。

まぁ、多少反撃しすぎた点はあるかもしれないが……そこは正当防衛。相手が発砲してきている以上、いくらでも言い逃れができる。

確信したアキラがそちらに走ろうとするも、レヴィに襟首を掴《つか》まれてつんのめる。

「ぐぎっ……レヴィちゃん苦しいっすよ⁉」

「嫌な予感がするの」

そう言うな否や、レヴィは路地のさらに暗くて細い横道へと走っていく。アキラは首元を引っ張られるがまま。フェイも何も言わず、そのあとに続く。

「ちょっと、きみたち⁉」

遠くから聞こえるお巡りさんの驚く声音が、とても恋しいアキラである。

だけどすぐに、レヴィはどんどん表へと続く道を選んでいった。警察の懐中電灯はないものの、飲み屋の明かりがぽつぽつと見えだした所で、レヴィはようやくアキラから手を離す。

だけどすぐさま、レヴィは一人で踵《きびす》を返す。

「アキラちゃんたちは二人でアガツマに戻ってなさい！　あとはアタシに任せて♡」

去り際に飛ばしてくるのは、ハート付きの投げキッス。

どんなにいい香りがしようと、男からの投げキッスなどいらないアキラである。

シッシッと手で払ってから、フェイもいる手前、レヴィとは逆の方向へ。

賑《にぎ》わう飲み屋街を歩くアキラは無言であった。それに、レヴィの命令もあって大人しく付いてくるフェイだが……やはりこの状況に、彼も疑問があるらしい。

「どうします？　アキラ先輩」

――ぜーったいにレヴィちゃん。なんか知ってるよなぁ。

おそらくそれは、上司としてではなく、彼らの幼馴染《おさななじみ》として。

そんな私情に、ただの同僚が口を挟むものではない。しかもアキラたちは後輩だ。先輩の友人関係に口出ししてくる後輩なんて、うざったいにも程がある。

だけど、あの荷物はしっかりレヴィが持っていってしまったから。

――ここで見捨てた結果、配達失敗なんてことになったら……それもそれで面倒っすからね。

「……ねぇ、フェイくん。ちゃんとオレの言うこと聞くって、約束できるっすか？」

「もちろんですっ！」

「本当っすかねぇ～？」

一瞬、訝《いぶか》し気な目でフェイを見つつも。

なんやかんやこの一か月、ずっと一緒に仕事をこなしてきた仲間である。面倒だった半面、それなりに濃密だった一か月だ。フェイのことも、ある程度理解できているつもりだったりもする。

フェイは死なない。壊れてもすぐ直る。危険に対して躊躇《ちゅうちょ》がない。

ルールなしでいいなら、これ以上連携を取りやすい相手もいない。

「じゃ、オレに考えがあるっす！」

アキラは今日も暗くて汚い路地裏で、結局誰かに手を伸ばす。


レヴィ＝カッサーノ少年はエリートとして生まれた。

金融機関の御曹司。そのまま父の言う通りに真面目に生きていれば、父の望んだ立派な跡取り息子になったことだろう。

だけど、ぐれた。

最初は、何気なく授業をサボっただけだった。

なんか、行く気がしなかったから。

どうせ寮暮らしで父の目が直接あるわけじゃなかったし。今まで品行方正に過ごしていたから、たった一回の仮病が寮母にバレるはずもないし。

だけど、ずっと部屋にこもっているのは半日で飽きた。

こっそり窓から部屋を抜け出し、学校内の穴場的な場所でもないかと散策していた時である。

『あ、サボりだ』

不良と名高いセルバと出会ってしまった。噂によれば、代々公務員で有名な家系の四男らしい。

彼とは同じクラスだが、ろくに話したことはなかった。

だってセルバは不良だったから。

髪もいかにも染めてますと言わんばかりの金髪。校則違反のピアスもジャラジャラ。そんな素行が悪い友人は作るなと、父から口を酸っぱくして言われていた。

――さて、どうしよう。

こんな授業の真っただ中、裏庭の木陰にいる人物なんて自分と彼しかいない。しかもばっちり目が合ってしまっている。今更無視するわけにもいかない。

レヴィが辛うじて絞り出した言葉は疑問形だった。

『……きみだってサボりだと思うけど?』

『それは言えてる』

セルバは苦笑した。その顔は可愛らしかった。……同性の男に可愛いなんて、レヴィは我ながらどうかしているかと思うけど。でも、ずっとセルバを不良だと思っていたのだ。そして怖いと思っていた。父からの助言を正義としていたが……ぶっちゃけ、ただ不良が怖かったレヴィである。

——実はあんまり怖くないのかも？

どうせ、自分はぐれてみたのだ。授業をサボるという蛮行を犯しているのだ。不良と喋《しゃべ》るくらい、それに比べたらどちらの意味でも大したことないだろう。

レヴィは再び他の疑問を投げてみた。

『何してんの？』

『何もしてないの』

『それって暇じゃない？』

『うん。暇だね』

短く、あまり意味のない会話である。

それでも、今まで父の言うがまま真面目にいい子をしてきたレヴィにとって、不良との何気ない会話は心躍るものがあって。

レヴィが再び口を開きかけた時だった。彼が来たのと逆の方向から、女の子の声が聴こえてきた。

『あれ〜、この辺だと思ったんだけどな〜？』

可愛らしい声だった。そう思ったのは、主に口調のせいだろう。この学校の女生徒のほとんどは、もっと上品な話し方をするのだ。今の台詞《セリフ》だったら『あら、この辺だと思いましたのに』といった感じになるだろう。

——あの子は……。

そうしてあたりをキョロキョロしているおさげの少女を見て、セルバがまた笑った。

『今日は仲間が多いな』

その声はどこか嬉《うれ》しそうだった。

だけど、探し物をしているらしい彼女もまた、クラスの問題児で。

問題児といっても、セルバと違って素行に問題があるわけではない。

ただ、クラスでいじめられているだけ。

実家がたまたま儲《もう》かったパン屋だとかで、成金が調子にのって一人娘を世界規模のエリート校に入れてしまったらしい。それでも入試の上位の成績を修めたのは、決して金の力だけではないのだろう。この学校はそんなに甘いものではない。

——頑張り屋で、印象は良かったんだけどな。

だけど、成金はしょせん成金。レヴィが父親から品格が落ちるからと『成金なんかと親しくなるな』と言われているように、他のクラスメイトも彼女と関わろうとする者はいなかった。彼女自身は必死に友達を作ろうと頑張っていたようだが……その努力は次第に疎まれるようになり。嘲笑《あざわら》われ。いじめに発展して。

たとえレヴィが好感を抱いていたとしても、彼女に関わることは許されないだろう。

——可哀想に。

そうして今日も何か大事なものを隠されでもして、懸命に探している最中か。そんないじめられっ子を見ながら、セルバは『どうする?』と聞いてきた。

『どうするって?』

『だから、助ける? 見て見ぬふりする?』

――そんなの、関わらないに決まっているじゃん。

だって、父親からそう言われているから。

『……見なかったことにしよう』

もちろん、罪悪感がないわけではないけれど。

だけど、セルバはあっさりと言葉を返してきた。

『じゃあ、助けるか』

『どうして!?』

『だって、今日はサボってるんだろ?』

――そうだった。

自分はぐれているのだ。ぐれているから、こうして不良にも話しかけてみたのだ。だったらいじめられっ子に手を貸すくらい……むしろこっちの方がハードルが低いのではなかろうか。

レヴィが頷《うなず》くと、セルバは笑った。

クラスのエリートたちは見せないような、満面の笑みだった。

『いつもと違うことをしないと損だろ』

そして、セルバは『おーい』とおさげの子に声をかける。

レヴィもセルバも、そういえば彼女の名前を憶えていなかった。

真正直に告げれば、彼女が『ひどいっ！』とわざとらしく怒りながらも嬉しそうに笑う。

『アンネ＝パンドールだよ。ちゃんと覚えてね！』

それも、クラスでは見ないほど眩《まぶ》しい笑顔だった。

まるで――レヴィが眩暈《めまい》を覚えるほど。


その後、授業終わり間際にボロボロになった運動靴を見つけた。これがなかったから、彼女は授業に出られなかったようだ。当然、授業に顔を出さなかった彼女も欠席扱いになってしまうだろう。

『どうして正直に先生に話さなかったんだ？』

『いやぁ〜。もう同じようなことが三回目だから。嘘だと思われ始めちゃってて……』

『じゃあ、証拠持っていってみようぜ〜』

そう言うや否や、セルバがるんるんと授業中の先生に見せにいってしまった。

当然、全部を暴露。事前にアンネから恐らくの犯人を聞いていたのだ。レヴィからしても、その犯人はいつも彼女を率先していじめているグループの一人だったので、何も違和感はなかった。

だけど、その犯人は先生が世話になっているという企業の御曹司で。

その結果、なぜか犯人がセルバということにされてしまった。

もちろん、それに黙っているセルバではない。苛立《いらだ》ちのあまり大勢の前で堂々と真犯人の男子生徒を殴ってしまい……結果、一週間の謹慎処分にあってしまったのだ。

だけど謹慎が明けたあと。

アンネは人前で涙をポロポロ流して、彼に何度も感謝を告げていた。

セルバも初めはそれを面倒そうにしながらも、まんざらではなさそうで。

『犯罪者と落ちこぼれが、バッカじゃないの？』

そう嘲笑した女生徒を、レヴィは気がついたら引っ叩《ぱた》いてしまっていた。

――あ、れ……？

『男が……女を殴るなんて……！』

ビンタだったことが幸いして、彼女は赤らんだ頬をおさえているものの大した怪我はなさそうである。だけどそういった問題ではない。教室のど真ん中でいきなり男が女を叩いたのだ。

――どうしよっかなぁ……。

クラス中の全員がレヴィに注目していた。驚くアンネも、『あーあ』と言わんばかりに頭をおさえるセルバも。しかもクラス委員が慌てて廊下を飛び出していった。教師を呼びに行ったのが明白だ。

『ちょっと、何か言いなさいよ！』

レヴィが叩いてしまった陰口女に寄り添うのは、彼女の取り巻きたち。

――そういえば、この子もどこぞのご息女なんだっけ？

あっちもこっちも有名人の子供ばかりである。レヴィ自身も似たようなものなのだが。

それでも気の強そうな女子に睨《にら》まれて。

レヴィは必死に頭を高速回転させたのち、言い訳を口走る。

『ぼく……いや、アタシの心は女なの。何か問題ある？』


たとえクラスの失笑を誘っても、レヴィの謹慎は二週間だった。

謝罪しに来た父親に初めて思いっきり殴られて『お前なんかもう息子ではないっ！』なんて啖呵《たんか》を切られて。

謹慎明けに登校した際（なぜか退学しろとは言われなかった）、真っ先にセルバに笑われた。

『大いに問題あるだろ！』

挨拶《あいさつ》もない。前置きもない。

それでもすぐに自分の『心は女』発言に対するツッコミだとわかったレヴィは、

『……ほんとよね』

とわざとらしく女言葉で話し、二人で腹を抱えて笑い合った。


こうして出会った三人組。

レヴィも含めて『不良三人衆』と呼ばれるようになるまで、あまり時間は掛からなかった。

だけど正直、たまに授業をサボるだけで三人ともテストの成績はトップクラス。先生やクラスメイトに反抗するのも、どうしても意にそぐわない案件だけだった。

それこそ、服装に関することとか。

『レヴィとアンネは髪を染めたりしないの？』

『染める意味がわからない』

『別に今の髪色気に入っているしなぁ』

その日も天気がいいからと授業をサボって、三人で裏庭で談笑していた。

もちろん、その会話に中身なんてあるはずがない。

『アンネはともかく……レヴィはせっかく〈女〉なんだから。もっと可愛《かわい》くしてみたらどうよ』

『……本気で言ってる？』

『もちろん』

『まぁ、考えとくわ』

毎日こんな冗談を繰り返すだけの日々である。


そんな日々が、五年くらい続いたある日だった。

アンネの実家が事業計画に失敗し——ほどなくして、アンネの中退が決まった。

だけど、別れる前日。

『あのね……セルバと付き合うことになったの！』

嬉しそうなアンネと並ぶ、恥ずかしそうなセルバ。

遠からずそうなるだろうと思っていたレヴィである。

多分、アンネの恋心はセルバが靴を捜し出し、彼女の代わりに戦った時から——つまり、親しくなった初めっから——セルバに向かっていたのだろう。

それは、彼女のことをずっと見ていたからこそ、わかること。

——これは、叶《かな》わぬ夢だったんだ……。

——可哀想だなんて、思っていただけの自分には。

たとえ、自分はもっと前から彼女に好意を持っていたとしても。

——誰かの真似じゃなきゃ、手も差し出してやれなかったんだから。

それでも、セルバのことはレヴィも好きだから。親友だと思っているから。憧《あこが》れているから。

そんな二人が結ばれるなんて、これ以上喜ばしいことはない。

——そうだろう?

『そっか。おめでとう』

レヴィはなんとか口角を上げる。

それなのにアンネが『じゃあ荷造り終わらせなきゃいけないから』と、一足早く自室に戻ったあとである。

『……お前、ほんとにこれでいいのか?』

『何が?』

『俺が……アンネと付き合って』

『どゆこと？』

——言うな。

そんな願いを込めながら、素知らぬ顔で尋ねたのに。セルバは意を決したように口を開けた。

『俺よりも、お前の方がアンネを——』

レヴィは口よりも先に手を出してしまっていた。今度はちゃんとグーで殴った。

——言うなよ。

——アンネが求めたのは、お前なんだから。

昔は同じくらいの身長だったのに、いつの間にかレヴィはセルバの背をだいぶ追い抜いていた。まだこれから抜かされることもあるかもしれない。だけど少なくとも、今はレヴィの方が背が高く、肩幅も広くなっていた。

だからレヴィが本気で殴れば、油断していたセルバは尻餅《しりもち》をつく。

『……レヴィ』

そう名前を呼んでくる彼は、立ち上がろうともしなかった。

もちろん殴り返してもこないし、そのことを責めようともしてこない。

——それなら、馬鹿なこと抜かしてくるんじゃねーよ。

レヴィはグッと奥歯を噛《か》み締《し》めてから、少し顎《あご》を上げて彼を見下ろした。

『あら、ごめんなさいね。まぁ、明日を見てなさいよ』

もちろんアンネが故郷のアガツマに帰る時は、授業をサボって壁の門まで見送った。

これから、三人の〈運び屋《スカルベ》〉を護衛と荷物持ち代わりに馬車で移動するらしい。ここからだと一週間以上かかるのだとか。

今からそんな長旅をするアンネは目と口を開いていた。

『えっ、レヴィどうしたの、その恰好《かっこう》——』

『もう～♡　どうせならレヴィちゃんって呼んでよ～♡』

レヴィは髪をいかにもなピンクに染め上げていた。化粧も施した。初めてだったから、色々とガタガタだ。それでもレヴィは真っ赤な唇が妖艶《ようえん》に見えるよう懸命に動かす。

『餞別《せんべつ》代わりにね、〈ホントのアタシ〉を知ってもらおうと思って♡』

ウインクなんて、今の今までしたことがない。

だけど『オネエ』といったら、ウインクだろう。

そんな偏見で、レヴィは一生懸命楽しげに振る舞う。

『卒業後、超美人になったアタシが会いに行っても——驚かないでね？』

『あはは～それは無理かも～。でも、会いに来てくれたらすごく嬉《うれ》しい！』

——これは本気で美容を極めないと。

正直、今の見た目は酷《ひど》いものだ。来る途中に会った初等部の子供なんて、モンスターに遭遇したような悲鳴をあげていたくらいだ。

だけど——次に会うのはレヴィたちが卒業したあと。きっと三年後くらいになるだろうから。

『えぇ、アタシたちはずっと友達よ♡』

——自分が『オンナ』になれば、これからも三人で仲良くいられるでしょ？

最後にレヴィはアンネを抱きしめる。それは当然『ハグ』と呼べるような、あくまで軽いものだ。

だって『オネエ』は気軽にそんなことをしそうだから。そんな理由で。

そう二人が『オンナの友情』を育み始めた中、セルバだけが複雑な顔をしていた。

レヴィはそれに、敢えて気が付かないふりをする。


「それなのに……これはどういうことよ。セルバさんよォ……」

追手でできた、かろうじて息はしている屍《しかばね》の山の上で。レヴィは小包の封を開けていた。

中から出てくるのは、少量ずつ個包装された白い粉。一つを開けて、少しだけ舐《な》めてみようとするけど……レヴィはやめる。舐めてみたところでクスリの味なんか知らないから。

このクスリの送り先はセルバの恋人のアンネだ。

二人の幼馴染《おさななじみ》であるアンネだ——レヴィはほぼ毎日彼女と顔を合わせているけど、彼女が病気だとか、薬を必要としている話なんて一度も聞いたことがない。風邪すらめったに引かない、元気が取り柄のパン屋の看板娘だ。

だからレヴィは、ただ悲しげに目を細めるだけ。

「アタシは……ずっとアンネから話を聞いているのよ……？」

めったに会えないけど、会えた時はとても楽しい時間を過ごしていること。

会うたびに、必ず『好き』だという愛の言葉をたくさんくれること。

今すぐとは言えないけど、いつか必ず結婚しようと言われていること。

その将来のために、少しずつ彼女も貯金をしていること。

結婚式ではレヴィを驚かせるような何かをしたいと思っていること。

そんなアンネの夢を、レヴィは毎日毎日、彼女から直接聞き続けていて。

——それなのに、恋人に何を届けようとした？

——それなのに、友人に何を届けさせようとした？

「あの……ばかやろう……‼」

レヴィは小包を片手で握《にぎ》り潰《つぶ》せば、チンピラたちが「あっ」と声をあげる。

それを、彼は鋭い目つきで黙らせた。

——アンネに、セルバとクスリのことをバレないようにする方法……。

もちろん、このクスリは即座に処分しなければならない。もしも善良な市民ならば、当然警察に届け出るべき事案。だけどその場合、当然『誰から受け取ったか』という話になる。

——アタシが罪をおっかぶるという選択肢もあるけど。

だけど、これも当たり前だが〈女王の靴《レギーナ・スカルペ》〉に迷惑がかかる。ゼータにどんな悪態をつかれるか……想像するだけなら楽しいけど、ハッピーエンドにはまずならない。今も必死に書類仕事に格闘しているだろう副局長にさらなる負担を強いることになる。

――だったら、やっぱり……。

「ここの全員をぶっ飛ばすしかないわよねぇ～♡」

レヴィはこぶしを鳴らす。

対人格闘戦において、通常の人間が一度に対処できるのは三人が限界。一人のヒーローが十数人を相手にしているように見えるのも、実は素早く一対一を終了させているだけに過ぎなかったりする。先にレヴィが片付けたチンピラたちも同じ要領で捌《さば》いただけにすぎない。

さて、現在。前後十数人ずつに挟まれ、相手は銃や鉄パイプ所持。対して、こちらは丸腰も同様。たとえ死ぬとしても、町中でアサルトライフルを乱射した〈女王の靴《レギーナ・スカルペ》〉としてお縄に付くのはゴメンなレヴィである。

――むしろ、ここで死んじゃった方がラクかも。

だって、ツラいから。

正直、素手でこれだけの人数を対処して、今も息があがっている。

揚げ句に、この場を無事に切り抜けたとして、どうする？

――アンネに、どんな顔して会えばいい？

――セルバに、どうやって問いただせばいい？

そんな迷いは動きに出る。一斉に襲い掛かられて、どっちから相手するか一瞬悩んだ瞬間に、足を取られる。気絶していると思っていた椅子《チンピラ》が意識を取り戻していたらしい。急に足を引っ張られ、体勢を崩した隙にレヴィは押し倒されてしまう。

そこからは、ただ袋叩《ふくろだた》きにあうだけ。

殴られ。蹴《け》られ。

意識が朦朧《もうろう》としてきた中で、レヴィは辛うじて思考だけを動かす。

自分が荷物をクスリだと認識してしまった以上、相手も引くことができなくなったのだろう。どうしてセルバがクスリを届けさせようとしたかは知らないが……彼とは異なる組から妨害に遭っている、とかだろうか。

少なくとも、セルバがよくない組織に与《くみ》していることに違いない。

そして、それにアンネを巻き込もうとしたことも。

――あ～あ。アタシもここまでか。

なんとか身を転がし、背中を丸めて頭と腹を守る。辛うじてできた口周りの空間で酸素を吸ったレヴィは、その息を苦笑と共に吐き出した。

「ま、そこそこ頑張ったんじゃゃ――」

「レヴィちゃん！　文句はゴメンっすよ！」

――ん？

怒声の合間から降ってくるのは、馴染《なじ》みのある声。

だけどその直後。まわりの怒声は驚きの声へと変わる。一瞬引いた全身の痛み。代わりに背中にのしかかる圧力。そして物凄《ものすご》い異臭。

レヴィは思わず身体《からだ》を起こし、自身の鼻を摘まんだ。

「くっさ〜〜‼」

周囲を見渡せば、散らばるのは生ごみである。

そこから発せられる腐敗臭は、とてもこの十年でレヴィが身に付けた美意識的に許せるものではない。

そんなゴミを、容赦なく先輩の頭上にバラまいた後輩――アキラ＝トラプルカは廃墟《はいきょ》ビルの上で笑っていた。

「スラムやごみ溜《だ》めはオレの庭っすからね！」

スラムの元住人は、三階ほどの高さから「よっ」と飛び降りてくる。

そしてすぐさま驚いているチンピラを蹴り飛ばしては、相手の持っていた鉄パイプを奪っていた。

「これ借りるっすよ〜」

「ちょっとアキラちゃん……アタシたちが武器を使うのは……」

「何言ってるんすか。スラムの喧嘩《けんか》にルールなんてないっすよ」

思わず口を出したレヴィに、アキラはニヤリと笑うのみ。

アキラはすぐさまルールも美学も無用で、チンピラを殴り始めた。相手の股間《こかん》を蹴り飛ばし、警察が来たと嘘を叫んだ隙に後ろから殴る。同士討ちを狙ったりもすれば、平気で足元のゴミを掴《つか》んで相手に投げつける。

好き放題暴れる後輩に、その場に座り込んだレヴィは思わず苦笑した。

「も～。こんなに汚れるくらいなら、死んだ方がマシだったんだけど～」

「それ、二度と言わないでくださいよ。さすがにイラッとしたんで」

――でしょうね。

こんな美しくない戦い方が慣れているということは、それほど貪欲《どんよく》に生きてきたということ。そんな人物が、わざわざ危険を省みず助けに来てくれたのだ。

自分のために凄《すご》んできた相手に、レヴィが小さく「ごめん」と呟《つぶや》いた時だった。少し遅れて、もう一人の後輩が路地から顔を覗《のぞ》かせる。

「アキラ先輩、警察の誘導をしてきました！　あと一分半ほどで到着予定です！」

「よし、じゃあもうひと踏ん張りっすね！　入れ違いでオレたちは逃げるっすよ！」

フェイは元より制服を綺麗《きれい》に着ているとは言いがたかったが、なおさらその服装が乱れていた。アキラはそれを何も気にすることなく喧嘩を続けているため、レヴィは近くのフェイに尋ねる。

「警察の誘導って何したの？」

「ここにたどり着くように町に生ごみをバラまいてきました！　あ、もちろんバレないように制服は脱いで作業しましたよ」

〈女王の靴《レギーナ・スカルペ》〉の従業員が町中にゴミを散布するなど、それこそあとでゼータに怒られる案件である。

フェイの制服の下の恰好を想像し、それには敢えて触れないようにして。「大丈夫ですか？」と差し出してきた見習いの生臭い手を掴む。

「フェイちゃんはこの臭い大丈夫なの？」

「はい！　嗅覚《きゅうかく》システムを一時的に停止させてますっ！」

「まぁ、うらやまし♡」

——アタシも『感情システム』を停止できたら、どんなにラクだったか。

この場を無事切り抜けても、どうしたらいいのだろう。

その答えが一向に出ないというのに——目の前では、アキラがチンピラの一人に襟首を掴まれていた。そして彼の前には、ナイフを振り上げた男が口角を上げていて。

レヴィはすぐさま飛び出した。格闘技の型も何も関係ない。まるで無邪気な学生がボールを蹴るように。助走をつけて膝《ひざ》を曲げた状態から、その足を蹴り上げる。

当然蹴るのはナイフ男の手ごと……顔面だ。

「俺の可愛《かわい》い後輩に、ナニしてくれてんだよ」

どすの利いた低い声。

蹴り飛ばした男をついでに踏みつけて、レヴィは一人ほくそ笑む。

——俺に喧嘩の仕方を教えてくれたのもセルバだったっけか。

当然学校をサボってあちこち遊びまわっていれば、何度も危ない目に遭ったこともある。

その時の振る舞い方を教えてくれたのも、レヴィの男友達だった。

レヴィは雑に髪を掻《か》き上げる。

「ばかやろう——女王《レギーナ》に踏まれて、死んじまえ」

自分にとって、ただ一人の女王を思い浮かべながら。

レヴィはピンクの髪を振り乱し、懸命にこぶしを振るった。

こんな情けない男を助けに来てくれた、可愛い後輩を守るために――


いくら執念深いやつらでも、警察に追われながら『何でもない場所』まで追ってくるほど肝の据わった者はいない。ただ数だけ多い烏合の衆だったということ。

夜の砂漠はとても寒い。

白い息を吐き出しながら、レヴィは同色の粉をあたりに撒《ま》き散《ち》らす。その粒子がどこに飛んでいったか、そんなことは誰にもわからない。ただ月明かりに照らされて幻想的にすら見えた。

そんな光景にレヴィが舌打ちすると、頭の上で腕を組んだアキラが呑気《のんき》に訊《き》いてくる。

「その粉、その辺に撒いちゃっていいモンなんすか？」

「んー、どーかしらねぇ？」

口調は元のオネエに戻したものの、レヴィの見目は普段と段違いだった。

髪はボロボロ。全身汗だく。落ちたメイクが目に染みたので、化粧だけ雑に落とした。ネイルも何本か割れてしまっていたらしい。

そんな爪を指先でいじりながら、レヴィは苦笑する。

「アタシはね……アンネ《あのコ》の笑顔を守るって、この姿に誓ったの……」

心配してくれた後輩に、その粉の正体を説明はしない。

――知られたくない。

――巻き込みたくない。

そのどちらの感情も、自分にだけ都合のいいエゴでしかないと理解しながらも。

変わらぬことを望むレヴィは胸に誓う。

「あのコの恋心は、必ずアタシが守るから」

そして、可愛い後輩たちに向かって片目を閉じた。

「だから、このことはナイショね♡」

◆

結局、アガツマの街に戻ってきたのは翌日の明け方に近かった。深夜は壁の門が開かない時間があり、ちょうどその時間に当たってしまったのだ。

なのでみんなボロボロのまま砂漠で順番に仮眠をとったのだが……アキラは目覚めて驚いた。

なんと砂漠のど真ん中のはずなのに、レヴィは元の綺麗な女装姿に戻っていたのだ。

このまま働くことになるにしろ、一度家に戻ってシャワーを浴びるくらいの時間はあるのに……と思っていたアキラだが、「ちょっと寄ってい～い？」とレヴィに提案されて、その理由を悟る。

レヴィは花屋の行商人から薔薇《ばら》を買い、それをパン屋の幼馴染《おさななじみ》アンネに持っていったのだ。

「はぁい、これセルバから女王様へのお礼だって♡」

「もう、レヴィったら大袈裟《おおげさ》」

簡易的な薔薇のブーケを貰《もら》い、彼女は恥ずかしがりながらも、わかりやすく表情を輝かせる。

それにレヴィも目を細めていた。

「知ってる？　九本の薔薇って『いつもあなたを想ってます』って意味があるんだって。その紅色《マゼンダ》には『死ぬほど恋焦がれています』。葉の部分には『無垢《むく》の美しさ』って意味があるんだとか。もう〜聞いていているコッチが赤面しちゃったわよ〜♡」

「えぇ〜？　それセルバが本当に言ってたの？　レヴィが教えたんじゃなくて？」

「もちろんよぉ。一緒にお花屋さんで教えてもらったの」

「素敵なお花屋さんだねぇ！」

もちろん全部レヴィの嘘である。

その薔薇の花束も、本数も、全部レヴィが選んだもの。

しかも行商人がブーケを作る際、葉を取らないように頼んだのはレヴィだった。

その意図を訊いたフェイにレヴィはこう答えていた。


薔薇の葉には『あなたの幸福を祈る』って意味があるのよ——と。


——めちゃくちゃ重いんすよ、レヴィちゃん。

もちろんレヴィは本来の届け物の中身を言うつもりはないらしい。

レヴィは隠しておきたかったようだが、あの白い粉の正体が何なのか。

アキラには容易に想像ができていた。

『天使の妙薬《ハッピードラッグ》』と呼ばれる、通称クスリ。

まるで天にも昇る幸福な高揚感を……といえば聞こえはいいが、そんなモノが当然身体にいいはずがない。臓器に悪影響があるにもかかわらず、高い中毒性を持つ。しまいに出回っている値段が異様に高額。どんな事情があれ、一度手を出してしまえば最後。常に誘惑してくる天使から逃れるためには、地獄のような苦しみを味わわなければならない。

なぜ、その手のモノに詳しいのか――それは語るまでもない。

その手の薬物の取引はどの町でも違法だからこそ、学のないスラムの子供がちょっとした小遣い程度の金額で体《てい》よく使われるのだ。

――ま、面倒だから言わないっすけど。

「……オレが言える義理でもないしね」

そう独《ひと》り言《ご》ちていると、見習いのフェイが訊いてくる。

「あの贈り物はお客様からではなく、レヴィちゃん先輩からになりますが……いいのでしょうか？」

「普通ねぇ、お客様都合で時間拘束される場合、当然会社にも連絡を入れるんだけど……レヴィちゃん、そういう報連相を元からめんどくさがるタイプでさ」

逐一連絡を入れないということも、よくゼータと揉《も》める原因になっているレヴィである。

ちなみに〈女王の靴《レギーナ・スカルペ》〉的には、違法薬物の配達を行うことは別に禁じられていない。もちろん、その分手数料は跳ね上がるものの……実際にアキラも〈運び屋《スカルペ》〉として同じようなものを運んだことがある。

だけど、正式にお客様から料金を頂戴《ちょうだい》した荷物を勝手に破棄、そして代わりのものを運んだとなれば――それは論外だ。禁止事項にもあげられていない範疇《はんちゅう》でダメなことだろう。

――アドゥル副長に相談したら抜け道を提案されるかもしれないけど。

だって雇用条件に『人間であること』と記載していなかったからと、機械人形《オートマトン》の入職を許してしまった緩さなのだ。もしかしたら、アキラの考え及ばぬ屁理屈《へりくつ》をねじ上げてしまうかもしれない。

「だから多分っすけど、あの依頼はなかったことになって……昨日の後半戦はただ働きになるんじゃないっすかね」

いつも通りの明るいオネエとして、今もパン屋の幼馴染と楽しく談笑するレヴィの様子からして、ゼータに頭を下げることはしないだろう。

そう判断したアキラが告げると、フェイは小首を傾《かし》げてくる。

「先輩からの命令ならおれは構わないんですけど……アキラ先輩はいいんですか？」

「お～、フェイくんも気遣えるようになってきたっすね～」

度重なる休日出勤の際に、しつこくゼータに手当を念押ししていたことを覚えていたのだろう。

養い子が七人もいる以上、金はいくらあっても困らない。

金のありがたみをよく知るからこそ、普段は小銭一枚も大切にするアキラではあるが……今回ばかりは小さく首を横に振った。

「恋するレヴィちゃんを敵に回す方が面倒っすからね」

今もレヴィは、とても幸せような顔でパン屋のアンネと戯れている。

あんな顔を見せられては、それに水を差すような真似などできるはずもない。

それにフェイが再び疑問符を上げげた。

「恋……？」

「そ。あれが恋する男の顔っすよ」

――あとで問い詰めさせてレヴィちゃん困らせてやろ。

そんなちょっとした腹いせで言っただけなのに、フェイは心底真面目な顔で考え始める。

「おれのミツイ君への執着も……『恋』ってやつなんでしょうか……！」

「いや、絶対に違うから。可哀想だから、それだけはやめてあげて？」

――だってミツイくん。いつもニコーレさんに鼻の下を伸ばしているし。

さすがに面倒でも、それだけはしっかり訂正してあげる。

アキラから毎日がんばるミツイ少年への、せめてもの情けである。


翌日から、レヴィが一週間の有給に入った。

当然ゼータと揉めに揉め、喧嘩別れ《けんかわか》のように無理やり休暇に入ったレヴィだったが――その一週間後、彼はホクホクと大量の観光地名物を持って普通に出勤した。

休憩室でそのお菓子を食べていると、フェイが訊いてくる。

「そういえばアキラ先輩。先週依頼で行ったオフェリアの町で、小さな犯罪組織が一斉検挙されたらしいですよ。昨晩拾った新聞に書いてありました！」

「ふ〜ん」

「あれ？　興味ないですか？」

新人なりに、先週の『なかったことになった依頼』について、気になっていたのだろうか。

だけど、やっぱり面倒なので、

「そんなことより、この菓子少しばかり家に持って帰ってもいいっすかね〜」

アキラは次の個包装を開けながら、話を逸らす。

その後、アキラも自分でその一斉検挙について軽く調べてみた。

特に、公務員が摘発されたなどという話は出てこない。

レヴィは変わらず、幼馴染のパン屋に通っている。

第五章　御曹司は砂漠の真ん中で夢を叫ぶ

フェイには家族がいない。当たり前だが、子供時代もない。青年期は――プログラムを変えれば身体《からだ》を成長させることも可能だが、今の設定のままでは永遠に十五歳のままである。

だから、『フェイ』はずっと『フェイ』でしかない。

子供になることもないし、兄になることもないし、父親になることもないし、祖父になることもない。永遠にフェイはフェイでしかないのだ。

街を歩いていると、とても不思議に思うことがある。

ある人は誰かの子供でもあり、また兄でもある。

またある人は誰かの親でもあり、子供でもある。

家族に限った話ではないが、人はその場によって、与えられる役割が変わる。同じ『個体』であるはずなのに、また別の役割を担わなければならないのだ。

――それは、重荷でないのかな？

機械人形《オートマトン》ならともかく、人間はプログラムを変えることはできない。それなのに同個体で様々な役割を担うなんてとても器用だと思う。大変だとも思う。

それでも街行く人は、様々な役割を担いながら――しあわせそうにも見えて。

「フェイくん、おはよーっす。何ぼんやりしているんすか?」

「え、あ……おはようございます、アキラ先輩」

通勤中に声をかけてきたのは、フェイの世話役であるアキラだった。

俗にいう『先輩』である。それは同時に、フェイは『後輩』であるということだ。

その役目を果たすため、今日もフェイはにっこりと『後輩らしい』笑みを返す。

今日もフェイは『後輩』として働きながら、ミツイの『友人』になるべく調査と実行を繰り返す一日を過ごすのだ。それが、フェイの近頃の『日常《ルーティン》』である。

その『後輩』のプログラムを実行しながら、フェイにとある疑問が浮上する。

——あれ、もしもミツイ君の『友人』になれたなら。

フェイはアキラの『後輩』であり、ミツイの『友人』になることになる。

失敗作のフェイ＝リアに、二つのプログラムを同時に行使するなど、できるのだろうか。

◆

見習いたちが入職して一か月半以上が経《た》った。

〈星集め〉の期限まで、あと一週間。ここまで来れば、よほど欠勤などしない限り、結果は見えてくるというもの。三本並ぶ星の列が凸の形で並んでいる。

その真ん中がミツイの列だった。

「よっしゃあああああああああああああああ！」

最初の失態でどうなるかと思ったものの、夢のステラ隊まであと一歩。

その喜ばしき現実にミツイがこぶしを掲げる隣で、パチパチと手を叩《たた》く同僚の二人。

「おめでとうございます、ミツイ君！」

「ふふっ、まだ終わったわけじゃないけどね」

そう――ニコーレの言う通り、最終期限まであと一週間。結果が出たわけではない。

それでも今日も体調は万全、やる気も万全の自分が失態を犯すわけがないと信じ切っているミツイは鼻高々に女性《レディ》に対して謙遜《けんそん》を返そうとするも……やっぱりどうしても、その隣で呑気《のんき》に自分の勝利を喜んでいる同僚に眉根《まゆね》を寄せた。

「そうだ！　まだ勝負は終わってないというのに……どーして貴様は悔しがらないんだ⁉」

「悔しがってみせた方が、ミツイ君と仲良くなれますか？」

「いや、余計に腹が立つ！」

当然、心の底から泣いて悔しがり、今までの非礼を詫《わ》びてミツイの実力を崇め奉ってもらわねば――などと一瞬思うものの、それを言おうものなら本当にそんな演技をされそうなので、そこまでは言わない。上っ面だけの反応を望んでいるわけではないのだ。

なのでミツイは腕を組み、同僚のフェイ＝リアに尋ねてみる。

「というか、貴様は〈女王の靴《レギーナ・スカルペ》〉に願望はないのか？」

「願望……ありますよ」

あっさりと肯定してきたフェイは、通路の先を指さす。

「あの部屋の中が気になります」

指さす先は、副局長ゼータ＝アドゥルの揺れる尻。

もちろん見習いたちに尻を見せつけているのではなく、可愛《かわい》らしいピンク色の扉に頭だけ突っ込んでいるため、見習いたちからはゼータの尻しか見えないというわけだ。今日もそんなゼータは猫《ねこ》撫《な》で声《ごえ》で部屋の中にいるであろう人物に向かって「今日のご飯は何がいいかなぁ？」などと話しかけている。

そんな毎朝の副局長の奇行に、ミツイとニコーレは生唾《なまつば》を呑《の》んだ。

「たしかに……」

「あれは気になるわよね……」

だけど相手は副局長。入社一か月半の見習いたちにとって高嶺《たかね》の花《はな》。まわりの先輩たちも見て見ぬふりをしている以上、とても聞けるものではない。

——そもそも、どうしてあの人が『副』局長なんだ？

管理者としての仕事は全てゼータに一任されているとミツイは聞き及んでいる。当然入職試験の際もゼータより上の身分の者は出てこなかったし、話にもあがらない。エリート企業とはいえ、五十人程度の小規模な本局である。普通はトップが一度くらい見習いの顔を見に来るものではないだろうか。

不思議に思うところは色々あるものの、他の見習いもそうだが、先輩たちもそのことに何も苦言を呈しているところを見たことがないミツイである。少なくとも、この〈星集め〉という試用期間中に口出ししていい問題ではなかろうと――彼は文句の矛先をやっぱり同僚に向けようとすると、その同僚はあっさりとミツイの一歩先行く情報を口にする。

「あの奥には、副長とらぶらぶの女王《レギーナ》がいるみたいでして」

「はあっ⁉」

――どうしてこいつが、そんな極秘情報を知っているんだ⁉

たしかにゼータの様子からして、『らぶらぶ』な相手がいそうではあった。日々の生活から窺《うかが》い知《し》れていた点と点が繫《つな》がったような感覚だが……だからと言って、それをライバルであるフェイの口から知りたくなかったミツイである。

そんなミツイの悔しさをまるで気にしないフェイは、未だ呑気に尻を振るゼータを見つめる。

「会ってみたいなぁ。あ、ここは謁見してみたいって言うべきですかね？　なんせ女王《レギーナ》様ですし」

「せ、せっかくの特権だぞ！　もっとステラ隊に入りたいなど、貴様には夢がないのか⁉」

そんな劣等感を誤魔化すために話を逸らすも、フェイは躊躇《ためら》いもなく答えてきた。

「夢という概念なら、ある意味〈女王の靴《レギーナ・スカルベ》〉に入職できた時点で、叶《かな》っているので」

「そう……か……」

そう、キラキラ眩《まぶ》しい顔で言われてしまえば。

ちょっと可愛いところもあるじゃないか、と納得しかけてしまうミツイである。

そこでふと、ミツイはニコーレのことを見てしまった。別にふんわりとした胸部に心惹《こころひ》かれたわけではない。ただ三人で話しているのに……ずっと男同士で会話を続けるのもどうかと思っただけ。

同僚はフェイと二人きりではない。三人なのだ。

そんな当然の気遣いとして、ミツイはニコーレにも話を振る。

「とととと、ところで……き、きききみはなな何を叶えてもらおうと、おお、思っていたんだ？」

「わたしはねぇ、隊員の皆さんでケーキの食べ放題に連れていってもらいたいなぁって」

たとえミツイがどんなに口ごもろうと、欠片も気にする素振りなく質問に応じるニコーレである。

だけど、その様子をいつも見ていたフェイには思うところがある様子。

「ミツイ君は、なぜいつもニコーレさんの名前を呼ばないんですか？」

なんやかんやこの一か月半、毎朝こうして掲示板の前で顔を合わせ、世間話をするのが恒例になっている三人である。その中で、一度もミツイ君がニコーレさんを名前で呼んだデータがありません——そう告げたフェイに、ミツイは言葉を詰まらせる。

「なっ……そんなこと、貴様には関係なかろう⁉」

「ニコーレでも、ニコーレちゃんでも、好きに呼んでくれて構わないのよ？」

「ニコーレちゃん……⁉」

ニコニコと乗ってきたニコーレの言葉を、思わずミツイは心の中で反芻《はんすう》した。

ニコーレちゃん……。

ニコーレちゃん……。

年上で、いつもおっとりしていて、おっぱいの大きな女性を、ニコーレちゃん……。

……顔を赤らめたミツイは咳《せき》ばらいをする。

「それでは……ニコーレ殿と呼ばせてもらおう……」

「あらあら。なんかわたし、偉くなっちゃったみたいね」

そんな時である。

「あ、フェイく〜ん！　今朝は会議があるっすよ〜」

いつの間にか、ピンクの扉の前で揺れていた尻が消えていた。

代わりに通路の端から呼んでくるのは、フェイ＝リアの世話役・アキラ＝トラプルカ。身なりの手入れは行き届いていない印象を受ける少年である。ミツイより一歳年上で、〈運び屋《スカルペ》〉の経歴も一年上。スラム育ちで家族も多く、苦労人と聞いている。他の先輩たちからの印象も悪くないらしく、仕事も臨機応変に対応できる頭脳派らしい。直接会話したことはほとんどないものの、ミツイからしてみれば立派な先輩だ。

そんな先輩が、珍しくミツイにも声をかけてくる。

「ミツイくんも一緒に来るように、とのことっす」

「俺も……ですか？」

ミツイが首を傾《かし》げると、アキラは「そうっす」と白い歯を見せた。

呼ばれた会議室には、十名の〈運び屋《スカルペ》〉が集まっていた。そこにミツイとフェイ、そして二人を呼びに来たアキラが合流する形となる。

——合同任務か？

顔ぶれの半分はミツイに馴染《なじ》みある二番隊。そしてもう半分は案の定一番隊だ。

全員が集まったことを一瞥《いちべつ》した副局長ゼータ＝アドゥルが口を開いた。

「今日の任務は引っ越しだ」

その慣れない言葉に、真っ先に疑問符を上げたのはミツイの同僚だ。

「引っ越し？」

「では問おう、フェイ＝リア。お前は人が他の町に居住を移したい時、このノクタという世界でどのように行動するのが効率的だと思う？」

「……このノクタで、ということは砂漠の渡り方を問いているんですよね？」

——この時間の無駄は何だ？

たしかに、この〈女王の靴《レギーナ・スカルペ》〉ではあまり聞かない単語である。

だけどノクタに住まう人々の間では、ただの一般常識。

——だから、機械人形《オートマトン》なんて雇うのは非効率的なんだ。

ミツイが小さく舌打ちする一方で、フェイは揚々と答えを返していた。

「人間が移動するのは容易です。モンスターが人間を襲うことはないんですから。砂漠を歩くために必要な飲食物など最低限準備するものはあると思いますが、人並みの体力があれば特に問題ないかと思います」

それに、ゼータもまるで教師のように大げさに頷《うなず》く。

「あぁ、通常の民間人の場合はそうだな。生活に必要な荷物は、また町に着いてから用意すればいい。こうした生活様式のため、各町にはたいていい家具家電のリサイクルショップはいくつもあるものだし、費用も引き取り費用と購入費用で、そう大きく差が出ることもないようだ」

あくまで「ようだ」と付けるのは、ゼータ自身引っ越し経験がないか、金に頓着《とんちゃく》していないのだろう。〈女王の靴《レギーナ・スカルペ》〉の実質的なトップである以上、金に困られている方が不安になるが。

ゼータは他の欠伸《あくび》をし始めた局員を無視して、ひたすらフェイに向かって質問を重ねていた。

「だが、どうしても持っていきたい荷物がある場合はどうする？」

「その荷物は……金属、ということでしょうか？」

「あぁ。思い入れのある古時計や、彫刻、金縁の絵画や高級銀食器等々――売って買い直すなんてできない価値のある荷物を、どうしても他の町へ運びたい場合――」

「〈女王の靴《レギーナ・スカルペ》〉の出番ってわけですね！」

「そういうことだ！」

ひときわ大きな感嘆符に、ミツイはこっそりため息を吐《つ》く。

ようやく話が本題へと入るらしい。ゼータは一同に向けて話し出した。

「前置きが長くなってすまなかったな。そういうわけで、今日の任務は引っ越しだ。任務難易度はSランク。荷物量が多いのと、距離があるのと、依頼主が金持ちゆえ、今回の任務は一番隊と二番隊合同で行う」

――Sランク……。

その言葉に、ミツイは生唾を呑《の》み込《こ》んだ。

今までBランクまでは行ったことがあったが、最高難易度の仕事は初めてだった。〈星集め〉でいったら一気に五個も星を集めることができる。

しかも、それを二隊合同で行うなど……それだけ危険が伴う任務なのだろう。

だけど、そこでハッとしたミツイは思わず声をあげた。

「そんな重要な仕事に、この機械を連れていくのですか⁉」

「ん？　何か問題あるか？」

それに、ゼータは少し目を丸める始末。

ミツイは慌てて肯定する。

「大いにあります！　だってこいつは機械なんだから必要以上にモンスターに――」

「どうせ荷物自体が金属だらけなんだから、特に変わらんだろう」

その言葉に、今度はミツイが目を丸くする。

――そんな、屁理屈《へりくつ》が……。

しかし他の先輩方に目を配るも、呑気《のんき》に欠伸をしている者もいれば、自分の爪を眺めている者もいる。そして頼りある同チームの先輩二人を見れば、「うむ」と頷く隊長と「まぁそうだよね」と笑ってくる眼鏡の女性局員。通称メガネさん。

「そう……ですか……？」

だから少しでも言葉を返してくれた女の先輩に聞いてみれば、彼女は苦笑したまま答えてくれた。

「気分的な違いはあるかもしれないけど、それが機械人形《オートマトン》くんのせいか、荷物のせいかわかる人なんて、誰もいないしね」

「なる……ほど……？」

頼りにしている先輩にそう言われてしまえば、そうなのかもしれない。

自分の価値観がおかしいのかと少し凹《へこ》んでいれば、ゼータが呼び掛けてくる。

「そうだ、見習い一号」

——俺か。

チームメンバーでないからか。はたまた自分の名前など価値がないと思われているからか。

まず名前で呼んでくれないゼータにミツイはいつも苛立《いらだ》っているものの、相手はここの責任者。

コツコツと実績を積んで認めてもらうしかないと、ミツイは顔を上げる。

「先ほど掲示板の前で浮かれていたが、今回の任務は二日分で、星十個相当になる。万が一お前が星ゼロの失態を犯せば、あの順位は入れ替わる可能性もあるからな。油断するなよ」

「問題ありません！」

もちろん、即座にやる気をみせる。

相手は脅したかったのかもしれないが……ミツイとしては願ったり叶ったりだ。

惰性でステラ隊に入れてもらっても、何も意味はないのだから。

ミツイがきっぱり言い放った直後に「よし」と頷いたゼータは、最後に会議をしめた。

「では、集合は一三〇〇《ヒトサンマルマル》。それまでに各自準備を済ませておけ！」

ミツイから見て、二番隊の先輩方は丁寧だ。

毎度任務の前には、こうして任務の詳細を事前に説明してくれるのだから。

「今回の配達先はキールだな。依頼主は少し迂回《うかい》して中間地点のカマリの町で一泊する予定だが、俺らはこの辺りで野宿する予定だ」

「依頼主も一緒に移動するのですか？」

「荷物の安否が心配だと言ってな。正直なところ、〈運び屋《スカルベ》〉が荷物を盗むんじゃないかなど疑っているらしい。だけどルートは別だ。荷物は最短距離で運ぶが、依頼主は景色がよい道を通りたいと」

「偏屈なお客様ですね」

「残念ながらよくある」

――たしかに金持ちには珍しくないことだがな。

ちなみにミツイたち二番隊が会議室に残ってみんなで地図を囲んでいる一方、一番隊の連中は集合時間まで各自自由行動らしい。

ゼータは残りの管理職仕事を急いで片付けているらしいし、隊員の携帯食料や飲み物の準備は二年目のアキラが一任……押し付けられている。あとはネイルを塗り直すだの、ゲームのログインボーナスの回収に忙しいだの、寝だめをしておくだの、自由極まりない。見習いのフェイですらそれにおかしいと思うことはなく、言われればアキラの手伝いをするし、言われなければ目についた興味ある人に話しかけている始末。今は厨房《ちゆうぼう》で下ごしらえの手伝いをしているようだ。

――まったく、どいつもこいつもやる気がない……。

「というわけで、今回の任務は要人の護衛も兼ねている。そのための二隊合同任務だ。要人部隊は夜にキールの町で休憩を取れるが、荷馬車隊は砂漠で野宿となる。そのつもりで準備しておけ」

『了解《サー》！』

――本当に初期の配属先が二番隊でよかった。

ゆくゆくはステラ隊に配属されるつもりだとしても。最初があんな隊だったらと想像するだけで反吐《へど》が出る。

この幸運もまたステラ隊へ導かれし運命なのだと、神に感謝しながらも……。

ミツイはもうひとつ恵まれてほしいと願いながら、固唾《かたず》を呑《の》んだ。

「差し支えなければ、こんな無茶な依頼をしてくる要人のお名前を聞くことは可能でしょうか？」

本人はきちんと宿に泊まるが、荷物はモンスターの出る砂漠でずっと守っておけと――〈運び屋《スカルベ》〉の分の宿代をケチったとしか思えない、嫌がらせのようなことをする依頼人の名前を問えば。それは、ミツイの知った名前だった。

「……ドボルジャーク＝マルチーニ卿《きよう》、とのことだ」

「そうですか」

――やはり伯父上か。

マルチーニ食品会社の取締役社長を務めるのはミツイの実父である。

ただその家名で会社名にしている通り、マルチーニ食品会社も初めは同族経営だった。大きくなった今は上役に登用した人物も増えてきたが、昔からの名残で無能な親族が座っている席も少なくはない。

そのうちの一人がミツイの伯父、ドボルジャーク＝マルチーニ。

昔はそれなりにやる気に満ちていたようだが、兄弟間の社長競争に負けてからは一変。家名にあぐらを掻《か》くようになり、金と権力を己の私利私欲のために使っているという。

そのうちの趣味のひとつが引っ越しで、事業拡大やら視察という名目で、ノクタの世界中あちこちで豪遊を満喫しているのだ。

そう多くないであろう残りの半生、誰に迷惑をかけるわけでないなら好きにしたらいいだろう——そう思うミツイである。そう、誰にも迷惑をかけないならば。

「また今回の任務で、依頼人からミツイ＝ユーゴ＝マルチーニを同行させるよう言付けも賜っている。……深い事情は敢えて聞かないが、頑張れ。俺もできる限り協力する」

「……ありがとうございます」

ミツイは伯父と違ってできた上司に、真摯《しんし》に頭を下げる。

それなのに。

それなのに——

「よりにもよって、どーして貴様と同じチームなんだああああああ⁉」

「よろしくお願いしますっ、ミツイ君！」

ミツイはアガツマの壁の外で絶叫していた。今日はとてもいい天気だ。雲一つない青い空が美しい。風もなく、立っているだけで制服の下の肌がじんわりと汗ばんでくる。だけど、制服は簡単に着崩してはいけない。〈女王の靴《レギーナ・スカルベ》〉としての矜持《きょうじ》もあるが……日焼けや風塵《ふうじん》防止の意味もあるからだ。砂漠の天気は変わりやすいゆえ、いつ砂嵐に見舞われるかわからない。そのため普段から徹底した着こなしが求められているのだが……一番隊ときたら。隊長のゼータ＝アドゥルすら襟元《えりもと》を緩めていた。

そんな二班の代表に、ミツイは詰め寄る。

だって隣でニコニコしている同僚が気に食わないから。

「このチーム分けを決めたのもアドゥル副長ですか⁉」

「そうだ。見習いが一番やる気の出る組み合わせ——俺の人員配置に文句あるのか？」

「ぐぬぬ……」

正直フェイの顔を見るだけでイライラしてしまうミツイである。

でも、その負けん気が活力になると言われてしまえば……一理あるかもと思ってしまうミツイは上司に言い返すことができない。一応、上司だし。抗議はするが、ようやくなれた〈運び屋《スカルベ》〉。クビになりたいわけではないのだ。

だけど、副長の隣で呑気に頭の上で腕を組んでいる二年目の先輩はニヤニヤ笑う。

「いやぁ、さすが我らの副長。性格悪いっすねぇ」

「馬鹿言うな。見ろ、あのニコニコ嬉《うれ》しそうなフェイの顔。部下想いの優しい上司だろうが」

「……あっちの笑顔は怖いっすけどね」

そうだ。見習い同士競い合うのもまた試練。アキラが視線を向けた時、ミツイは噴き出していた。

——もう笑うっきゃない。

「くはははははっ！　良かろう！　貴様と俺の格の違い、この機会に見せてやろうじゃないか！」

「わぁ、とても楽しみです！」

高笑いをするミツイに対して、フェイは朗らかに両手を合わせる。

その時だった。

「うちの甥《おい》っ子《こ》が元気そうで何よりだのう！」

その男は象に乗っていた。豪奢《ごうしゃ》な赤と金の織物の上に置かれた煌《きら》びやかな椅子。その小さな椅子からはみ出さんばかりのでっぷりとした男は、これまたあちこちに華美な装飾品を付けていた。

そんないかにも金持ちな男こそ、今回の依頼人ドボルジャーク＝マルチーニ卿。

マルチーニ食品会社の取締役員の一人である。

「伯父上……」

硬い表情でミツイが呼べば、ドボルジャークはニタリと一瞥《いちべつ》してくる。そして〈運び屋《スカルペ》〉全員を見下ろした。

「いやいや皆様。うちの甥っ子が迷惑をかけていると思いますが、面倒見きれなくなったらいつでも引き取りますからな。遠慮なく言ってくだされ」

その後、再びミツイに向けてくる視線は無駄に朗らかでねっとりとしたものだった。

「あんな男の下で居場所がないなら、わしが面倒見てやるからな。困ったことがあればいつでも頼ってくるがいいぞ」

「……お心遣い痛み入ります」

ミツイが頭を下げれば、ドボルジャークは「それでは行こうかの」と護衛役の〈運び屋《スカルペ》〉に命じる。そちらの隊長は一番隊の桃色長身女装男が務めるとのこと。彼（彼女）が「はぁ～い、ご主人様♡」と可愛《かわい》く応じれば、ドボルジャークはまんざらでもなさそうに鼻の下を伸ばしていた。もしかしたら、彼が男だと気が付いていないのかもしれない。

そんな伯父の乗った象が離れていくまで、ミツイは頭を下げ続けていた。だけど「誰が貴様なんか」と小さく言《ご》ちて。

象を見送ってから、フェイはニコニコとミツイに声をかけた。

「素敵なオジサンですね！」

「どこがだ⁉」

「え？　だってミツイ君のことを案じてくれているんじゃないですか？」

その疑問に、ミツイは頭を抱える。

罵倒《ばとう》する気も失せるほどズレた感覚に、ミツイとしては珍しく説明などしてしまった。

「あれは、俺を馬鹿にしているんだ。どうせ俺なんか……どこに行っても足手まといだと」

「それだったら、足手まといを自ら引き取るって――」

「相手を下げて、恩を売ったような形にして、頭《こうべ》を垂れてくるやつをこき使って悦に浸りたい男なんだよ……それでどうせ『お前の息子の面倒を見てやっている』とかなんだか、父上を見返したいだけなんだ、あの男は……」

そう深く嘆息をすれば、ゼータは特に表情を変えることなく告げてくる。

「ただ明日からは担当を入れ替えるようお客様のご要望を受けている。その覚悟はしておけ」

「……承知いたしました」

あくまで今の自分は〈女王の靴《レギーナ・スカルベ》〉の一員。金を貰《もら》っている以上、ご依頼人のご要望にはできるかぎり応じることが義務。

ふとミツイが壁へ視線を向ければ、門から荷馬車が出てきていた。無事に検問が終わったらしい。

直属の上司であるゴーテルが荷馬車を引くロバを引率している。見習いならば、そんな雑用を上司にさせるわけにはいかない。

「そんなくだらない話などどおおおおおでもいいっ！」

だからミツイはそう自分を鼓舞して、真っ先に荷馬車のもとへと走る。

「あいつ、俺の話をどうでもいいと言ったか？」

「気のせいっすよ」

その後ろでゼータとその部下がそんな話しているが……。

ミツイはただ、目の前の仕事を一生懸命にこなすのみ。

「そういや見習い一号と二号。どちらか御者ができたりするか？」

「俺ができます！」

一号がミツイ。二号がフェイ。ニコーレが三号などと呼ばれているところを見たことがない。

そんな男女格差を呑《の》み込《こ》みつつも、ミツイが真っ先に手を上げれば。

ゼータはミツイにとっては珍しく小さく笑った。

「多才だな」

「ステラ隊に入るため、できることは何でもしてきたので！」

「むしろ花形に雑用は要らんと思うが……」

「何事も下積みが大事と言うじゃありませんか」

「ま、その意気込みやヨシってやつだな」

見習いがロバの餌などを追加で荷馬車に載せている間に、ゼータはフェイに視線を向けた。

「じゃあ、フェイも隣でやり方を見せてもらえ。どーせ一度見ればできるようになるんだろう？」

「はい、しっかりとインプットさせていただきます！」

「なんだとぉ!?」

ミツイが非難の声をあげても、先輩たちは誰も相手にしない。

ゼータは淡々と他の〈運び屋《スカルペ》〉に命じるだけだ。

「それじゃあ、他の人員は四方囲んで警護ということで。我ながら、見習いをラクさせるとは優しい上司だな」

「ほんとっすよ～。あとで頑張る先輩にボーナス出たりしないんですか？」

「出すわけなかろう」

「ちぇ～」

そんな会話をしながらも、その隊形通りに荷馬車隊は出発した。

御者台に座るのは手綱を握るミツイと、その様子をじっと観察しているフェイ。そして残る四人の先輩たちが、前の左右に一番隊のアキラと二番隊のゴーテル。後方に一番隊のゼータと二番隊の女性局員メガネさんがついている。彼らの間に会話はない。たまにアキラが「フェイく～ん、飽きたら場所変わってくれていいんすよ～」などと話しかけたが、フェイは「すみません、一度でインプットしてしまいたいので静かにお願いします」と断ったくらいだ。

——き、きまずい‼

お天気の良い静かな砂漠で。パカパカと。

ロバの静かな足音を背景音楽にずっと見られている緊張感もあいまって、ミツイが時間の流れをとても長く感じていた時だった。朽ちた動物の骨だと思っていたものがのそりと動き出す。

通称・スケルトン。その骨だけのモンスターは、今回はサイズも小さめで成人男性と変わりない大きさだ。しかし今回は数が多く、ざっと五体のスケルトンが赤い目をこちらに向けていた。

急所はパッと見ての通り、その赤い瞳《ひとみ》。一体につき二つあるのが厄介だが、まとめて吹き飛ばす分には何も問題ない。

ミツイは慌てて手綱を引き、銃を構えた。

ミツイの銃はバラライカ41系サブマシンガン。見た目的には木製の銃床が特徴で、短機関銃《サブマシンガン》の中でも近距離の瞬間火力に重きを置いたタイプである。

こういった小型のモンスターに特攻するなら最適の武器だ。とにかく乱射して敵を圧倒しながら、ついでに核を壊してしまえばいい。

だからミツイはフェイに「この綱を持ってろ！」と短く命じ、御者台から飛び降りる。

そしてトリガーを引こうとするも――いち早く突進していった直属の隊長に声を荒らげた。

「ゴーテル先輩、避《よ》けてくださいっ！」

「構わない。危なくなったら、俺ごと撃て」

「そんな、撃てるはずがないじゃないですか！」

そうミツイが躊躇《ためら》っている間に、ゴーテルはスケルトンの一体を殴り飛ばす。ゴギッと鈍い音と共に、その埋没した頭蓋骨《ずがいこつ》ごとスケルトンが吹き飛ばされる。

そんな光景を肴《さかな》に、もう一人の隊長とその部下たちはのんびりと水分補給をしていた。

「なんか聞いたことある台詞《セリフ》っすね」

「重みがだいぶ違うがな」

「あれですかね。おれももっと低い声を出せるようになればいいんですかね？」

「そういう問題じゃないと思うっすよ？」

思わず、ミツイは突っ込んでしまう。

「どーして一番隊はそんなに悠長にしているんだ⁉」

「いや〜、慣れっすかねぇ」

——信じられんっ！

そんな不謹慎なやつらなんか放っておいて。

どうにか隊長の援護をしようと再び視線を向ければ——

「ふんっ！」

いつの間にか、ゴーテルは最後のスケルトンを殴り飛ばしていた。

無残な骨と砕けた赤い石くずが、砂漠の砂の上に残っている。


それでも、残念ながらトップの管理者はゼータ＝アドゥルなのである。

「アドゥル副局長。武器の変更を願い出たいのですが」

「お前は色々と文句が多いな」

道中、スケルトンのような小さなモンスターはたびたび現れたものの、全てゴーテルが殴り飛ばしてしまった。「ゴーテルさんが一緒だとラクっすねぇ。どこかの隊長とは大違い！」なんて調子よいことを言っていた二年目の先輩をよそに、ミツイは堂々とゼータに物申す。

今は野宿の準備中。もちろん雑用は見習いがこなすべきだ。

夜になると、途端に砂漠は寒くなる。些細《ささい》な風がまるで頬を切るような冷たさだ。

だからミツイは風よけのテントを張り、焚火《たきび》を起こし、携帯食料の数々を使って身体《からだ》のあたたまるスープを作り終え、ようやくできた休憩時間にゼータに声をかけたのだ。

ちなみに今、もう一人の見習いフェイはロバに餌をあげている。なんとロバを見たのは初めてだったとのことで、ずっと気になっていたらしい。動物好きのゴーテルと一緒だ。

今日一度も使っていないライフルの手入れをしながら、ゼータは口を開く。

「サブマシンガンは護身に最適と言われている。……依怙贔屓《えこひいき》で申し訳ないが、こちらもマルチーニの御曹司に簡単に死なれては困るのでな」

「ですが、この武器では常に最前線で戦う隊長に当たってしまいます！」

この一か月半、ずっと思っていたのだ。

ゴーテルは〈女王の靴《レギーナ・スカルベ》〉で唯一銃火器を支給されていない〈運び屋《スカルベ》〉だ。代わりに与えられているのは、両こぶしに装着されたグローブ型メリケンサック。たとえどんなに装甲の厚い巨大モンスターであろうと、ゴーテルは躊躇うことなくこぶし一つで突っ込んでいく。

そんな隊長をフォローするために、せめて命中精度の高い、一発ずつ丁寧に撃つマグナムやスナイパーライフルのような銃ならまだしも――ミツイに与えられた武器は短機関銃《サブマシンガン》。命中精度よりとにかく弾数と、弾幕のように撃ちまくるのが特徴の武器である。自分が最前線に立つならいいが、前に味方がいる以上巻き添えにしてしまう可能性の方が高い。

だからミツイはずっと荷物を持って逃げていただけで、まともに戦闘に参加できていなかった。

それなのに、ゼータはため息を吐《つ》く。

「こぶしで戦っているあいつがおかしいんだ」

「けど隊長は誰よりも――」

そうミツイが声を荒らげた時だった。

「だから、俺のことは気にしないでいいと何度も言っている。銃を撃てない俺が悪い」

ロバの世話を終えたらしく、ホクホク顔のフェイと一緒にゴーテルが焚火の周りに帰ってくる。

このゴーテル隊長、あまりに握力が強すぎて銃が撃てないという。

見習いの頃はハンドガンが支給されたらしい。だけど力が入りすぎてグリップが潰《つぶ》れた（？）らしく、次に大きめのショットガンが支給された。だがそのショットガンもトリガーがすぐ曲がってしまう（⁉）ので、自棄《やけ》になった武器開発班がロケットランチャーを渡したものの、さすがに配達の際に町中で大騒ぎになり、今のこぶしで戦う戦闘スタイルに落ち着いたらしい。

そんなゴーテルは、自分の鞄《かばん》の中から缶詰を取り出していた。よく見れば足元に猫がついてきている。サバクネコと呼ばれる小動物に、彼は魚の缶詰を分けてあげるらしい。フェイ＝リアが物珍しそうに覗《のぞ》き込《こ》んでいる。猫はとても嬉《うれ》しそうに缶詰に飛びついていた。その様子を、ゴーテルは大きな体躯《たいく》に似合わない優しい顔で見つめている。

優しいのだ。二番隊隊長のゴーテル＝バッカスは、強靭《きょうじん》でとても優しい人物なのだ。

何が何でもステラ隊に所属したいミツイだが、それとこれとは話が別。

――こんな立派な男を侮辱されて、黙っているような愚か者に堕ちるつもりはない！

「おかしいのは貴様だろうがっ‼」

ミツイがゼータを怒鳴りつけると、さすがのゼータも目を丸くした。

基本的に見習いが実質的なトップを怒鳴るなど言語道断。このまま解雇を言い渡されてもおかしくない狼藉《ろうぜき》。たとえ長年の夢が呆気《あっけ》なく崩れ去ろうとも――ミツイは後に引くつもりはなかった。

ミツイにはミツイなりの矜持《きょうじ》がある。

「〈運び屋《スカルペ》〉の任務はチーム戦で行うものだろう。それなのに味方を害する恐れがある武器を所持させるとはいかなるつもりだ！　貴様は仲間を本当に替えの利く駒だとしか思っていないのだなぁ⁉　人の命をなんだと思っている！　命に大小を付けるな！」

「……だから、お前には簡単に死なれては困ると――」

「それならば死んでも本望！　命を賭《と》す覚悟で入職している。俺の覚悟を侮っては――」

「じゃあ、今すぐ辞めろ」

ゼータの眉《まゆ》の位置が下がる。温度を失くした瞳が、まっすぐにミツイを見上げていた。

「俺の見込み違いで申し訳なかった。そんな簡単に命を投げ出す馬鹿は要らん。……お帰りはどうなさいますか、マルチーニ様？　護衛をお付けする方が宜しいでしょうか？」

「……っ⁉」

ゼータの急に変わった御曹司に対する配慮と礼節さを弁《わきま》えた口調に、思わずミツイは舌打ちした。

「結構だ。一人で帰れる」

――見込み違いだったのは、こちらの方だ。

ミツイは踵《きびす》を返す。ここで謝り、撤回を促すほど……落ちぶれるつもりはない。

「待って……待って、ミツイ君！」

「追うなっ！」

そんな自分を追う声など、ミツイは聞いていなかった。

だけど、その生意気な機械でできた同僚は、直属の上司に向かってきっぱりと言い返す。

「……承服しかねますっ！」

大きな歩幅で歩くミツイの足跡に、機械の足跡が重なっていく。

◆

夜のキャンプ地から、見習いたちが遠のいていく。

ゼータがその様子を敢えて見ないでいるのに、彼らの次に下っ端なアキラがジトッとした視線を向けてきた。

「アドゥル副長～。日に日にフェイくんが言うこと聞かなくなってる気がするんすけど～」

「お前の教育方針がいけないいんじゃないのか？」

「え、オレのせいなんすか⁉」

そう眉根《まゆね》を寄せたアキラが、見習い一号の作ったスープの余りを片手で飲む。気に入ったらしく、おかわり三杯目だ。ゼータも先に飲んだが、なかなかの味だった。たいてい野営する時は携帯食料をそのまま貪《むさぼ》ることが多いのに、わざわざ火を起こして調理するとは。その準備の手並みも文句の付け所がなく、とても御曹司の手業だとは思えなかった。二番隊の女性局員《メガネ》曰《いわ》く、このミツイ特製スープが野営の密かな楽しみになっているらしい。

――から回っているやつだな。

本来ならば金持ちの御曹司がそんな技術を身に付ける必要などない。そもそも〈女王の靴《レギーナ・スカルペ》〉なんて野蛮で危険な仕事に就く必要もないのだ。

父親の会社で、たとえ社長の座に就けなくても……適当にいい席を貰《もら》って、温かい場所でそれなりのことをしていれば十分幸せに生きていけるのに。それこそ、彼の伯父のように。

そんな疑問は、たとえゼータでなくても抱くらしい。

「てか、ミツイくんはなんで〈女王の靴《レギーナ・スカルペ》〉なんかに入職したんです？」

「なんかって、俺が必死に運営している会社に酷《ひど》い言いぐさだな」

「でも真面目に、マルチーニ食品会社の次期社長の方が良くないっすか？」

それは本当にアキラの言う通り。たとえ目先の給料は高くても、ミツイ自身が認めていたように命の保証はないし、しょせんは誰かの靴代わり。客にペコペコしなければならない仕事だ。

ゼータは銃の手入れを続けているふりをしながら、アキラに視線を向けずに答える。

「聞いての通り、ステラ隊に入職したいんだとよ」

「アイドルになりたいと？」

「……ステラ隊は、やつにとってのライバルらしい」

もちろん入職時の面接を担当したのはゼータだ。

だから彼の志望動機も、書類で、そして口頭で直接聞いている。

その時の様子を思い出し、ゼータは苦笑した。

「俺も知らなかったよ。宣伝目的の打算にすぎない広報活動が、誰かの希望になるなんてな……」

「それはよくわからないんですけど……もひとつ質問いいですか？」

――なんだよ、これからいいところだっていうのに。

このままいい感じの雰囲気で、いい感じのエピソードをいい感じに話す気満々だったゼータである。その出鼻を挫《くじ》かれ、少々むくれついでに顔を上げると。

アキラが見習いたちが去った方を見やる。

「フェイくん付いていっちゃいましたけど、ほっといていいんすかね？」

「見習い同士の熱い友情ってやつだろう？　見どころじゃないか」

「いやぁ、だから……モンスターに襲われたら、あの二人だけで対処できますかねぇ？」

「あ。」

通常、見習いが一人で野営地を離れたって大して問題にならない。

荷物がないなら、モンスターに襲われる心配がないからだ。

もちろん、ここは夜の砂漠のど真ん中。迷子になったらだとか、寒さで凍えてしまったら……という心配がないわけではないが、彼らも一応は高難易度の入職試験を潜り抜けた身。人並み以上の体力はあるし、入職試験でも周辺の地理問題は出題していた。まぁ、それに二人は男だし。アガツマに戻るにしろ、この場に引き返してくるにしろ。特に危険はないだろうというのが社会人同士の認識だ。

だけど、ミツイのあとをフェイが追っていってしまった。

ミツイだけなら何も心配はなかったのに。

わざわざモンスターの好物である機械人形《オートマトン》が付いていってしまったのである。

ゼータは慌てて立ち上がり、ミツイたちが去った方向を指さした。

「追え――――！　急いで追うんだぁ――っ‼」

「あ～もうっ、だからカッコつけてる場合じゃないのにっ！」

「てかお前も気づいていたんなら早く言えっ！」

「え～だって一人で追えとか言われたら面倒じゃないっすか～」

そんなわけで、ドタバタと。

見習いがいない場所でこそ、上司は見習いに振り回されるものである。


ミツイ＝ユーゴ＝マルチーニは、マルチーニ食品会社を経営する一族の長男として生まれた。

生まれながらに跡取りになることが望まれた。一人目の子供が女児だった頃から、両親曰く念願の男児……ということだったらしい。女性はどうしても妊娠・出産があるから、働けない期間ができる。そのため何十万、何千万人の生活を支え続けなければならない大企業のトップは男でなければと――マルチーニ食品会社の代表取締役社長であるミツイの父親は、そういう考えの男だったのだ。

厳格で、悪く言えば古い考えを持つ父親だった。幼いミツイ自身、そんな父親は怖くもあったが、憧《あこが》れでもあった。誰よりも身を粉にして働き、常に会社の、そして毎日少しでも多くの人が美味《おい》しい食べ物が食べられるようにと考え続ける父親はカッコよくも見えたのだ。

しかし『ちちうえのようになりたい！』と話していた幼い夢は呆気なく崩れることになる。

ミツイに大きな病気が発覚したのだ。

それは予知のしようがないものだった。誰が悪いわけでもない。先天性の仕方のない病気。身体《からだ》が大きくなり、難易度の高い大きな手術に成功すれば助かるものの、そうでなければどんどん身体が弱くなり、大人になる前に死んでしまうというもの。

その病気が発覚し、程なくしてミツイは風邪を引くことが多くなった。しかもなかなか良くならず、入退院を繰り返す日々。次第に病院にいる日々が多くなり、同い年の子供たちのように学校に通うなんてもってのほかだった。

そんなミツイに、当然彼の父親は失望した。だけど切り替えが早い男でもあった。その頃、ミツイの下に弟が生まれており、その弟がとても優秀だったのだ。

腹違いの兄弟、というものである。ミツイの母はそのことで気を病み、部屋から出られなくなった。代わりに愛人だった女が正妻のように家業の手伝いをするようになったという。会社第一の父親は、当然そんな母親のことも、そしてミツイのことも、まるで初めからいないかのように扱い始める。

——自分なんて、生まれてこなければよかったのだろう。

自分が生まれたから、母が病んでしまった。

自分が生きているだけで、こうして病院代が日々かさんでいく。

父親からしたら、きっと無駄な経費くらいにしか思っていないのだろう。

――こんな俺、早く死んでしまえばいいのに。

だけど下手に立派な病院に入院なんてさせられてしまっているから、死ぬにも死ねない。

とても豪華な個室を用意してもらっている。だけどこれらも、しょせんは父親の見栄でしかないのだろう。マルチーニ食品会社の社長は、たとえ跡取りになれない息子だろうと大切にしている――と。噂はどこからどのように流れて、会社の経営に傷を与えかねないのだから。

実際ミツイのお見舞いに来てくれる人なんて、姉一人しかいないのに。

『見て見てミツイ～。このステラ隊ってカッコいいと思わない～？』

この五つ違いの姉はとても気丈な少女だった。寝室で臥《ふ》せっている実の母親を気遣いながらも、父の愛人ともそれなりに上手《うま》くやっているらしい。愛人の方も立場は弁《わきま》えているらしく、ミツイの実母や姉を特に邪険にしないとのことだ。だからこそ、父親からもそういう『社員』の一人として重宝されているという。

ミツイの姉はとてもミーハーでもあり、いつも学校のだれだれ先輩がカッコいいとか、雑誌のだれだれがカッコいいとか、そんな話ばかりしていた。

そんな姉の最近の流行《はや》りが、最近できた〈女王の靴《レギーナ・スカルペ》〉のステラ隊とかいうやつらだった。

だから病院のミツイのベッドの隣で、キラキラした眼差しで雑誌を読み続けている姉に言う。

『あ〜、なんか今度、そいつら病院に来るらしいよ?』

『えっ、まじで!?』

姉の顔がパァッと持ち上がる。

『やだ〜いついつ? 新しい洋服買わなくっちゃ! 美容院の予約もして……もし〈こんな綺麗《きれい》なお嬢さんなんて初めて見た。俺の部屋に集荷してもいいですか?〉なんて言われたらど〜しよ〜!?』

『姉上……そんなダサい口説き文句でいいの?』

そう思わず呆《あき》れつつも、それでもすぐ笑ってしまうミツイである。

だって、ミツイは姉のことが大好きだったから。

唯一自分のお見舞いに来てくれる、大切な家族。こういうどうでもいい話ばかりしてくれるからこそ、ミツイにとって誰よりもありがたい存在だった。

そんな姉がご執心の〈女王の靴《レギーナ・スカルペ》〉とかいうのは最近出来たての新進気鋭の会社らしい。他の町へと何でも荷物を運ぶ〈運び屋《スカルペ》〉として、依頼料は高いが今までになかった企業だと、注目を集めているらしいのだ。

そんな〈女王の靴《レギーナ・スカルペ》〉の広報活動の一環で、親から子供へ手紙やプレゼントを届ける活動をするらしい。その白羽の矢に立ったのがミツイが入院する病院である。掲示板にポスターが貼ってあった。

ミツイの実家は同じアガツマだが、他の町からはるばる入院しに来る患者も多い。金持ち連中が入院する高級病院だから……うってつけのお客様候補の巣窟《そうくつ》なのだろう。

だけど、イベント当日。

あんなに楽しみしていたミツイの姉から連絡があった。

『テストの補講が入った～。代わりに素敵なお姉ちゃんがいるってアピっといて！』

――ンな無茶な。

そう呆れつつも、姉らしいなと笑ってしまうミツイである。

実際イベントが始まってみても、別に大したことはない。

赤いストールを巻いた男たちが、子供たちにプレゼントを渡していくだけのものだ。

だけど……ずっと心細い気持ちでいた子供たちにとって、その手紙付きの包み紙は宝物なのだろう。嬉《うれ》しそうにプレゼントを受け取っては、中の手紙を読んで泣く……そんな子供たちの列に、ミツイも無理やり並ばされて。

『はい、お父さんからだよ』

ミツイももれなくプレゼントを貰《もら》った。渡してくれたのは、たしか姉が一番『推している』というステラ隊のリーダーだ。姉と同世代で十代後半とのことだが、だいぶ老けた男だな、というのがミツイの印象。姉の男の趣味がミツイにはよく理解できない。

それはともかく、ミツイも父からのプレゼントというのは気になるもの。

列から外れて、他の子と同じように箱を開けてみる。

箱の中にはペット型のロボットが入っていた。こちらの声や音に反応して動く玩具《がんぐ》である。入院中の子供に人気のおもちゃで、ミツイも病院の中を歩いていればよく目にしていた。寂しさを埋めてくれるペット代わりということらしい。

――これを、あの父上が……？

そのチョイスに、ミツイは少し違和感を覚えた。あの仕事人間が、そんな人間味溢《あふ》れるものを選ぶものだろうか。もっと図鑑とか、教科書とか……跡取りにならないにしろ、教養になるようなものを贈ってくると思ったのに。もしくは現金とか。

――そうか、これを父上が……。

その犬のような見た目のロボットを抱えて、ミツイは思わず苦笑する。

自分が病院で寂しがっていると思ってくれていること自体が嬉しかったからだ。

そんな風に自分の感情を慮《おもんぱか》ってくれたことだけで、ミツイは嬉しい。

だから何も考えず、そのまま同梱《どうこん》されていたカードを開いてみた。

何が書いてあるのだろう。もうすぐ大きな手術が予定されている。『がんばれ』の一言だけだろうか。その一言すらも印字かもしれない。それでも……あの父が考えてくれたのなら、それだけで嬉しい。

だけど、ミツイはカードを開いて愕然《がくぜん》とする。

手術、がんばれ――その手書きの文字が、明らかに父親の筆跡ではなかったから。

――それもそうだ……。

――だって自分は、要らない子供なのだから。

自分は病弱。すぐあとに生まれた弟はとても出来が良い子供らしい。父親は弟に執心で、跡取り教育がこれでもかと詰め込まれているという。

——いや、違うな。

せめて疎まれて、憎まれてでもいればよかったのに。

おそらく父親は、自分に負の感情すら抱いていない。まるで関心がないのだろう。

思わず、ミツイはその犬型ロボットを渡してくれた〈運び屋《スカルベ》〉に投げつけていた。

『この大嘘つきめっ！』

完全なる八つ当たりである。彼らからすれば善意だったのだろう。

そうわかっていながらも、ミツイが感情をぶつけられる相手は彼しかいなかった。

そして——八つ当たりされる節があるとわかっていたのだろう。姉の推しである美少年が、ミツイに対して形の良い眉《まゆ》を寄せる。

『すまんな、それは俺が用意したものだ。病室の中で一人だけ贈り物がないとか可哀想だろう』

『余計なことを！』

〈運び屋《スカルベ》〉の足元で、犬型ロボットがエラー音を発していた。彼はそれを拾い、裏の何かをいじる。

エラー音はすぐに止まった。そしてその玩具をミツイに押し付けてくる。

『……あぁ、本当だな。俺は決してお前の父親にはなれないが……ここにお前のことを心配した人が居たということだけでも覚えておけ。俺が書いた言葉は嘘じゃない』

その玩具の犬の顔が、なぜだかとても寂しそうに見えた。

実際……そんな顔をしているのは、自分自身なのだろう。誰もミツイの涙を拭《ぬぐ》ってくれる人はいない。〈運び屋《スカルベ》〉の顔に愛想もない。

——くそぉ……。

だからこそミツイがプレゼントを受け取れば。その男は小さく笑った。

『もうすぐ手術なんだろう？　頑張れよ』

そう自分の頭を撫《な》でてくれた男の顔を、ミツイははっきりと覚えていないけれど。

『ふんっ、言われなくとも！』

めちゃくちゃ悔しかった。

その気遣いがめちゃくちゃ嬉しかったことが、めちゃくちゃ惨めだったから。

——俺は、こいつを超えたい！

——こいつよりも、立派な男になりたい‼

死にたかったはずのミツイは強く、自分の将来を夢見てしまったのだ。

後日、ミツイの手術は無事に成功した。

だが少し前に父親が長期出張でアガツマから離れていたため、手術の同意書にサインしてくれる親族がおらず——結果として伯父がサインしてくれ、ミツイは伯父に頭が上がらなくなってしまったりと、小さな問題はあったけれど。

だけどミツイは決めたのだ。

自分こそが真のステラ隊になると。

あんな憎らしい男の嘘でも務まるなら、自分はもっと本当の希望の星になってやる。

――あんな男に負けてたまるか。

『あ～ん、うらやましい～!!』

相変わらずの姉はステラ隊の推しに頭を撫でてもらったことが羨《うらや》ましくて仕方なかったようだが……ミツイには関係ない。

『〈運び屋《スカルペ》〉になりたい……？　好きにするといい。お前の人生はお前のものだ。ただし他の道を歩くなら、会社の経営に口出しするなよ』

退院後に父親に挨拶《あいさつ》した際、暗に『お前に興味ない』と言われようとも……ミツイは気にならなかった。


ただ、悔しさの象徴たる犬型のロボットを毎日目覚まし時計代わりにしながら。

ミツイは退院したその日から、〈女王の靴《レギーナ・スカルペ》〉に入職すべく、努力を始めた。親の財力や人脈、ありとあらゆるものを駆使して――ミツイは猛勉強を始めたのだ。


「――で、だ！」

振り返ってもキャンプ地が見えなくなるくらいまで歩いてから、ミツイはようやく切り出す。当然、付いてきていることはわかっていた。だけどすぐに足を止めて揉《も》めようものなら……恰好《かっこう》が付かない。

というわけで、ミツイはようやく何故か付いてきた機械人形《オートマトン》に文句を言うのだ。

「なぜ貴様が付いてくるんだ⁉」

「だって心配じゃないですか」

──機械風情が一丁前に心配だと？

利己を考えるならば、間違いなく付いてきてはいけない場面だ。

だってミツイは上司に歯向かったのだ。その上で解雇を言い渡されたのだ。そんな同僚に付いてくるなど……それこそ自分も解雇される覚悟がないとしてはいけない行為だろう。

──本当に……こいつはいつも何を考えているんだ？

機械ならば、もっと合理的に動くべきだ。どういうわけか〈女王の靴《レギーナ・スカルペ》〉の入職に五年の年月をかけてきたのなら。それを他の者のために二か月足らずで投げ捨てようなど馬鹿の所業である。

ましてやミツイはフェイと懇意にしていたどころか、あからさまに毛嫌いしていたのだから。

──だから失敗作《フェイリア》……なのか？

色々謎はあるものの、とりあえずフェイを追い払わなければ。

それはフェイのためではない。ただただ、ミツイがフェイと行動を共にしたくないから。

それだけである。

「ふんっ、貴様まで俺が弱いと言いたいのか？」

「たしかに総合的な戦闘能力でいえば、あの場で一番弱いですかね？」

「なっ……！」

薄々気づいていたとはいえ、こうも真っ向から言われてしまうと悔しくもあり、恥ずかしくもあり。だからミツイはフェイに指を突きつけた。

「き、貴様はどうなんだ、貴様は⁉」

「あ、失礼しました。おれを入れるんだったら、戦闘能力ではおれが一番下になります」

しかも、フェイはあっさりと自分の負けを認める。

焚火《たきび》から離れた月夜の下では、防寒性の高い装備を着けていても吐く息が白い。

その中で彼もミツイと同様、白い息を吐き出しながらニカッと笑った。

「だけど、おれは死なないんで」

対して、ミツイは思いっきり眉根を寄せる。

それでもフェイは目を細めるだけだった。

「それだけ取れる手段が人間より多くなるので、ミツイ君とは違った使い方をしてもらえていると把握しています。たまにアキラ先輩からは不効率な指示もありますが、アドゥル副長は比較的効率よく自分を利用していただいているかと」

「……ようは貴様も、俺を足手まといだと言いたいんだな⁉」

「え～、なんでそうなっちゃうんですかぁ？」

――よくわからん！

正直、フェイが何を言っているのか全くわからないわけではない。

だけど、わかりたくないというのが本心だった。彼の思考を理解してしまえば……思わず『可哀想』だと、そう思ってしまいそうで。そんなこと、フェイ相手にだけは思いたくなくて。

それなのに、フェイは自分の手をとってくる。

「おれはね、ミツイ君。あの中で一番尊敬しているのがミツイ君なんですよ」

「はんっ、詭弁《きべん》だな」

「嘘じゃありません！　正直なところ、そうでなければミツイ君と仲良くする利点《メリット》がありません！」

「……どういうことだ？」

女性相手ならまだしも……同性相手に手を握られたところで、気持ち悪いだけである。

しかしお互いグローブ越しでも、その機械人形《オートマトン》の手には骨があり、肉がつき、血が通っているものだとわかる。

そんなフェイが褒めてくる。

「だからですね。おれの演算結果では、一番人間的に魅力があるのがミツイ君なんです！」

聞いているこちらが恥ずかしくなるくらい、まっすぐな言葉と瞳。

それは思わず、ミツイが顔を逸らしてしまうほどだった。

「……貴様は俺を口説きたいのか？」

「もしそれで仲良くしてくれるなら、いくらでも露出度の高い漫画を描きますし、言語機能をフル稼働させてミツイ君のお尻を褒めたたえる準備はできてますっ！」

「気持ち悪いわ‼」

——聞いて損した。

前言撤回。ミツイはすぐに踵《きびす》を返す。

そして大股で歩き出しても、やっぱりフェイは自分に付いてくるのだ。

「おれは、最初の任務の時にミツイ君が泣いたって聞きました」

「……あの減点されたやつか」

「でも、それはミツイ君が優しいからでしょう？」

「……」

それにミツイは何も答えない。

それでもフェイは言葉を止めない。

「その次の時も、仲間の女性局員を守ろうとしたって」

「ただ足を引っ張っただけだ」

「でもゴーテルさんや女性局員《メガネ》さんは、今もミツイ君に優しいですよ。本当に余計なことをしたなら、人の厚意はそう長く続くものでもないのでは？」

「……」

それにもミツイは何も答えない。

それでもやっぱり、フェイは言葉を止めなかった。

「それ以外にも、いつも荷物持ちを率先してこなし、常にチームメンバーの体調を気遣い……さっきだって、ゴーテルさんの安全を思うからこその提言を――」

「それを不要と言われた！」

ミツイは大声をあげながら振り返る。フェイは驚いた様子で足を止め、目を見開いていた。

そんな反応があまりにも年下染《じ》みていたから……ミツイはうつむく。

「思えば、最初から言われていたな。貴様のように……機械のように働けと。俺は貴様が羨ましい。俺も初めから機械に生まれたかった」

――そうすれば、こんな惨めな思いもせずに済んだのに。

己の劣等感も。無力さも。親からの失望も。

すべてフェイは関係ない。自分が悪い。

――全部、俺が弱いからいけないんだ。

「それなら、おれも――」

フェイがまた何か言おうと口を開いてくる。

だけど、さすがにもううんざりだった。自分の不甲斐《ふがい》なさを、これ以上突きつけられるのは。

親切な彼に当たらねばやってられない惨めさに、ミツイがしゃがみ込みそうになった時だ。

「危ないっ！」

フェイが躊躇《ちゅうちょ》なくミツイを突き飛ばしてくる。少し離れた場所で尻餅《しりもち》をつき、目を見開いて。文句を言うため口を開きかけながら、横を見やれば。

フェイの腕が食べられていた。

昼間に何度も遭遇したスケルトンと同種だ。ただ違う点があるとするなら、そのモンスターに爛《ただ》れた肉がついていること。

通称ゾンビ。見た通り腐敗した人間そっくりのモンスターである。教科書には陽の光や暑さに弱いため、日中は砂の中に隠れており、夜になると出現すると書かれていた。昼のスケルトン、夜のゾンビ。頭部には脳があるがゆえ、夜のゾンビの方が知性が高いというのは入職試験問題のテンプレだ。

そんなゾンビがフェイの腕を食いちぎる。血の代わりに飛び出したのは色とりどりのコード。細かく火花を散らす様がまるで線香花火のように夜の中でまたたく。

そんな光景に、思わず見惚《みと》れて。

ハッとすぐに立ち上がろうとした時、フェイが叫ぶ。

「今のうちに逃げてくださいっ！」

そんな間に、別の個体がフェイのもう一方の腕を狙う。フェイは何とか体当たりで払おうとするも、代わりに肩を噛《か》まれてしまっていた。食いちぎられたのは服だけのようだが、その部分の肉が抉《えぐ》れている。ゾンビの体液は酸性度が高く、人体に悪影響と言われているが……機械相手にはどうなのか。

それは、ミツイにはわからないけれど——

「逃げるわけがないだろおおおおおがっ！」

ミツイは叫ぶ。その勢いで手早くマシンガンを引き抜き、構えた。

ゾンビは二体。一体は蹲《うずくま》ってフェイの腕を食らっているが、もう一体はもっと餌がほしいとフェイに肉薄している。少しでも照準がズレればフェイに当たる。

「おれに遠慮せず撃って――」

「どいつもこいつも、俺様を馬鹿にするなあああああ！」

脇を締め、腰を少し落とす。首を少し前に出し、決して格好つけずにスコープをまっすぐ覗《のぞ》く。

そして、撃つ。

トリガーを長押しはしない。ピストル弾を一発、出しても二発。

ちょこっと、ちょこっとだけ撃っては着実に敵の赤い目だけを狙う。フェイの揺れる首元、頭の髪の間、そんなわずかな隙間を狙って二回撃てば。

ゾンビは仰向けに倒れ、その場から動かなくなった。

「ミツイく――」

「どけぃ！」

間髪容れず、今度はミツイがフェイを押しのけた。そしてフェイの腕を貪《むさぼ》っていたゾンビが「あれ？」と言わんばかりにミツイたちを見上げてくる。

ミツイは躊躇《ためら》わずトリガーを引いた。今度は長く。ピストル弾が連続して放たれる音が、夜の砂漠に響き渡る。それが止《や》んだ時には、ゾンビの顔は穴だらけ。当然赤い瞳があったはずの眼孔も黒く窪《くぼ》み、ご馳走《ちそう》を食べていたはずのそれはパタリと倒れる肉片となった。

ミツイは大きく息を吐《つ》く。だけどすぐさまフェイの安否を確認しようとすれば——彼はいつになく目を輝かせていた。

「わぁ、ミツイ君本当に射撃が得意なんですね！　さっきなんて目玉ピンポイントでしたよ⁉」

「なんでそんな元気なんだ⁉」

ミツイが「腕、腕っ！」と指させば。

両手を打とうとしていたフェイは片手がないことに気づき、苦笑する。

「大丈夫です。腕の一本くらいなら五分かからず再生できるので。見苦しいようならちょっと待っていてもらえますか？」

そう言う間にも、すでに腕からはギュインギュイン音を立ててコードが伸び縮みしているから。

「はあああああ、もうわけわからんっ！」

ミツイは何か見てはいけないものを見てしまったような気がして、目を逸らす。

そのままミツイは口を動かし続けた。

「というか、貴様だって拳銃《けんじゅう》を持っているだろうが！　何故に撃たないっ⁉　ハンドガンなら片手だって撃てるだろう⁉」

「え、だって……」

その乱暴な問いかけに、フェイは躊躇いがちに無事な片手で頬を掻《か》く。

「せっかく貰《もら》ったのに、使っちゃったら勿体《もったい》ないなぁって」

「馬鹿かっ‼」

そう──ミツイが叫んだ時だった。

「うるせーよ。余計にモンスターが襲ってきたらどうするんだ?」

ミツイとフェイは頭をボコンと叩《たた》かれる。

二人とも同じように頭を押さえたまま顔を上げれば、そこには見覚えのある背の高い上司が二人。

そのうちの細い方、ゼータ＝アドゥルが「見習い一号」とミツイを見下ろした。

「サブマシンガンという武器の一番の弱点は、その命中率の低さだ」

「……はい」

それは、先も忠告されたこと。

──わざわざ追いかけてきて説教の続きか?

さっき解雇と言われたばかりなのにと不満に思いつつも、ミツイはうつむき気味に応じる。

ゼータはいつも通り淡々と告げた。

「だが、その命中率さえ克服できれば、これほど強い武器もない。広範囲に攻撃するのはもちろん、一点集中させればそれだけ火力も出る。アサルトライフルとは違い、連射に負荷もかかりづらいから暴発する恐れも低い」

──だが、もしも俺が下手な場所に撃とうものなら。

ミツイが見やるのは、もう一人の上司ゴーテル＝バッカスだ。彼は特に何を言うわけでもなく、周囲を警戒しているようだった。モンスターが再びやってこないか見張っているのだろう。

──だけど荷物もないならモンスターなんて……。

ミツイもすっかり忘れていたが。ようやく気づいて今もギュインギュイン腕を修復している機械人形《オートマトン》を見た。いつの間にかアルミのような金属で腕の骨部分ができている。ふとミツイの視線に気が付いたフェイが「これから肉を生成していくのでけっこうグロテスクですよ」と言うから、すぐ視線を逸らすが。

——こいつのせいかっ！

それが顔に出ていたのだろう。ゼータは「気づくのが遅い」と肩を竦《すく》めてから、続きを話し出す。

「対人相手はもちろん、よほど装甲が硬いモンスターが出てこようが、お前のチームメンバーは殻を割るに特化しているからな。その下の組織が見えたなら……あとはお前の仕事だ。湯水のごとく最高級の弾薬をくれてやれ。お前の金も頼っていいのだろう？　経費を超えた分は自腹で頼むな」

ゴーテルの拳《こぶし》だったら、どんな硬い装甲にもヒビを入れることができる。

女性局員《メガネさん》の爆弾だったら、その小さなヒビをさらに吹き飛ばすことができる。

先輩たちの実力は、ここ一か月半でしっかり信用しているミツイである。

ただ、信用できないのは——

「しかし、仲間に当たってしまったら——」

「当てなければいい」

再びうつむこうとしていた顔が自然と上がった。

ゼータはひたすらに冷酷なまでに淡々と話すから。

「射撃の腕はお前が断トツだった。すでに〈女王の靴《レギーナ・スカルペ》〉でもトップクラスだ。反動の揺れすらお前が制御できるようになれ。風向きも何もかも、その場のすべてをお前が牛耳るんだ」

「俺が……？」

だから思わずミツイは思ってしまう。

この憎たらしい上司の話す言葉が真実であると。

このムカつく上司が自分に期待してくれているのだと。

この偉そうな上司はまだ自分を使ってくれるのだと。

「それに加えて、お前には度胸がある。俺と違って、モンスターの近距離に詰めることもできるだろう。これからも鍛え続けて、マシンガンの反動をおさえ連射を当て続けられるようになれば、さらに最強だな。お前はまだ若いからいくらでも鍛えようがある。すぐそばにいい手本もいるだろう」

その時、周囲を警戒していたゴーテルがミツイを見やる。

「おすすめのプロテインならいつでも教えてやる」

「……はい」

ミツイが頬を緩めれば、ゼータがバシンとミツイの背を打った。

「ほら、急いで荷物のところまで戻るぞ。お前らが先を歩け。風よけだ」

『はい‼』

フェイと返事の声が重なる。

ちょうど彼も腕の再生が終わったようだった。食いちぎられた袖《そで》はそのままだが、グーパーと手を動かす白い腕に傷の一つも見られない。

ミツイがゼータの横を通り過ぎた時だった。

「ま、これからもキビキビ働くんだな」

そう、ぽんっと頭を叩かれて。

——あれ、どこかで……？

ミツイは足を止める。思わず見上げれば、ゼータが眉根《まゆね》を寄せた。

「なんだ。戻る方向がわからないとか言うのか？」

「あ、いえ……」

「ミツイ君、こっちですよー！」

先に行っていたフェイが白い手で前を指さす。

その晴れやかな顔にイラッとしたミツイは叫んだ。

「貴様に指図される謂《い》われはなあいっ！」

◆

「先輩を差し置いてぐーすか寝るとか、いい度胸してるな」

「それだけ気張ってたんじゃないんすかぁ？」

キャンプ地に戻ってすぐさま、見習い一号ことミツイはこっくりこっくり舟をこぎ始めた。

零《こぼ》しそうになったカップをそっと取り除け、毛布を掛けてやったらすぐいびきを掻き出したのだ。

ゼータはそんな見習いの寝顔を見ながら思う。

お前を甲斐甲斐《かいがい》しく世話してやった人物がいつも一方的に喧嘩《けんか》している同僚であることを、起きたらすぐに教えてやろう——と。

そんなもう一人の見習いは「おれは元気です！」と晴れやかに笑ってからまわりの後片付けをしている。午前から出勤し、午後からはずっと砂漠を歩き続けてこの元気さ。ゼータはもう疲れているので『若いっていいなぁ』てことにして、自分よりも年配の部下に声をかけた。

「ゴーテルも寝ておけ。あとで二番隊まとめて起こすから、その時交代で俺らも寝させてもらう」

「じゃあ、そうさせてもらいます」

もう一人の二番隊の女性局員《メガネ》もすでに毛布に包《くる》まり眠っている。

見張りは隊ごとに分ければいいだろうと、もう少しだけ目頭を押さえて眠気と格闘することに決めると、横から「今度はコーヒーにしますかね」とアキラがポットを差し出してきた。ちなみに、フェイらの迎えに上司二人を堂々と使い、自分は呑気《のんき》にココアを飲んで荷物番をしていたのも、このアキラである。

相変わらず要領がいい部下に渋々空いたカップを渡した時、寝支度をすべき男が頭を下げてくる。

ゼータはゴーテルに向かって視線だけを向けた。

「なんだ？」

「この度はミツイに寛大な配慮をありがとうございました」

——真面目なやつめ。

ゼータはこれでも大人である。しかも〈女王の靴《レギーナ・スカルペ》〉という企業の管理者だ。入職して間もない十代の子供の自棄《やけ》を、まともに取り合うつもりもない。

「残念ながら、こちら側から一方的に解雇できるような労働法がなかっただけだ」

「……不器用な人ですね」

「お前に言われたくはない」

そう半眼で返せば、ゴーテルは小さく微笑《ほほえ》んでいた。

このゴーテルは三十二歳。二十五歳のゼータより年上である。しかも妻子持ち。

――人生経験の差か？

相手から感じる器の大きさに圧《お》されていれば、ゴーテルは「先に休ませていただきます」と再び頭を下げてから毛布に丸まる。

そんな様子を見届けてから、アキラはゼータにコーヒーを差し出してきた。芳醇《ほうじゅん》な豆の香りが乾いた鼻孔をくすぐる。

「てか意外だったっす。まさかフェイくんがミツイくんを説得できるなんで」

「おれ、特に何も言ってないですよ？」

話に入ってくるフェイも一通りの整理を終えたらしい。アキラは「ハイ、お疲れさん」とコーヒーを差し出しながらも首を傾《かし》げる。

「あれ？　でも副長が追い付いた時には、二人で仲良くゾンビを撃退してたって」

「おれの言葉は何もミツイ君に届きませんでした……それでも、ミツイ君はおれのために戦ってくれたんです」

その、珍しく視線を下げた笑みに。

ゼータは容赦なく「お前はヒロインか」と彼の頭を叩く。

「落ち込んでいるお前なんて気持ち悪い。いつもみたく『わーい、ミツイ君がおれを守ってくれたんですぅ。これってまた仲良くなれたってことですよね☆』くらい言ってみせろ」

ゼータの声真似にすぐさま「うわ～気色わる」と反応したのはアキラだ。もちろん、ゼータは即座にアキラのカップを奪い、彼のカップの中身を熱かろうと全部飲み干してやる。「あ～オレのカフェオレ！」と叫んでくるが、当然無視。ちなみにアキラはブラックコーヒーが苦手で、いつも一人だけミルクと砂糖をたっぷり入れている。

そんな軽い取っ組み合いをしている中、フェイがぽつりと疑問を呟《つぶや》いた。

「おれ……落ち込んでるんですか？」

「そう見えるが？」

ゼータが何の気なしに答えれば、フェイの顔がぱあっと華やぐ。

「すごい！　おれ落ち込んでいるんだ！　何でですかね、何でおれ落ち込んでいるんですかね⁉」

「知るか」

――あいかわらず、よくわからんやつだ。

ゼータは甘くなった口を癒やすため、自分のブラックコーヒーを飲む。わざわざ無駄にカロリーを摂取するようなガキの舌なんか知らないが、

「やっぱりミツイ君と仲良くなって正解でした！」

と、嬉《うれ》しそうな新人の顔を見るのは、まんざらではない。「なんで落ち込んでいるのか、分析しなくちゃ」とソワソワ目を輝かせている。

特製カフェオレを一気飲みされ、「経費でよかった」と再び自分用のカフェオレを作り出したアキラは苦笑する。

「さすがアドゥル副長。とうとうフェイくん『ポジティブに落ち込む』って荒業を始めましたよ」

「……まぁ、暇つぶしになっていいんじゃないか？」

ゼータは空を見上げる。

砂漠の夜は、星空だけが美しい。

◆

「おれね、ミツイ君に『機械のおれが羨《うらや》ましい』って言われて落ち込んでいるんです！」

「なんの嫌みだ⁉」

今日は朝一で要人警護の部隊と交代である。

交代場所であるカマリの町までの御者は女性局員《メガネさん》が務めることになった。そのまま交代作業や引き継ぎも担当するらしい。ゼータは「誰よりも早く寝たから砂漠も元気に歩けるだろう」なんて嫌みを言ってきたが……それよりもミツイは、自分の隣を歩くフェイの発言の方が気に障る。

昼過ぎには最終目的地のカマリの街に到着予定。そこから荷ほどきの手伝いもあるから、やっぱり一日がかりの仕事となる。アガツマに帰れるのは明日の昼頃になるだろう。

「ほら、今日は依頼人の護衛が任務だからな～。気を引き締めろよ～」

そんな大掛かりな仕事の途中で、いちいち疲れる会話をしたくないミツイだったが……移動中にできることなんて、しょせんお喋《しゃべ》りくらいしかない。だからミツイはせめて有意義な会話をしようと、注意する気のない注意をしてきたゼータに疑問を呈することにする。

「というか、本当にこいつも護衛に付かせるのですか？」

「お前は本当に文句が多いな。そんなにこいつが嫌いか？」

その問いかけに、ミツイはムッと黙る。

答えたくない。そもそも、そういう意味で聞いたわけではない。

だから、ただ自分の質問意図を説明する。

「ただ適材適所に徹するべきだと言いたいだけです。こいつが居たら、自然とモンスター遭遇確率が上がる。そんな〈運び屋《スカルペ》〉が護衛に付くなんて――」

「あれを見ても同じことが言えるのか？」

ゼータが指した先には、大きな象。

その象は昨日出発時に見たものよりも、さらに豪華絢爛《けんらん》に飾られていた。

中でも目を惹《ひ》くのが、金ぴかの銅像だ。ミツイの見識によればノクタ創世時の女神を模しているようである。聖ノクタ教会は〈世界の呪い《ノクタージュ》〉こそ、人類が命を冒涜《ぼうとく》した罪を償う機会を与えてくれたとして、呪いと同名の女神を崇拝している。女神曰《いわ》く、人々が罪を償い終えた時、世界からモンスターがいなくなり、この大地を人の手に返してくれるそうだ。

宗教思想は人それぞれである。ミツイは特に信仰している宗教はないが、別にわざわざ信仰者に異を唱える趣味もない。

だけどミツイは知っている。伯父ドボルジャークもまた無宗教主義者であることを。

——おそらく、金ぴかなところと、女神のスタイルの良さが気に入ったのだろうが……。

交代場所に付き、各々が引き継ぎやら連絡事項のやり取りを始める中で、特に仕事のない見習いミツイは呆然《ぼうぜん》とその象の荷物に注視していた。

とにかく、そんな豪華で派手で重そうな女神像が、象の背中部分に無理やり載せられている。もちろんそれ以外にも金銀財宝。あらゆる貴金属がこれでもかと積まれていた。これ以上詰めないほどめいっぱいに。

自身も金の重そうなネックレスを身に付けたドボルジャークが、象の上からミツイに話しかけてくる。

「どうだ、立派な女神像じゃろう？　一目惚《ひとめぼ》れして買ってしもうたわ」

「買ってしまったって……」

重量も人が運ぶなら大変な騒ぎではない量だが、そこは象が頑張ってくれるとして。

問題はそれらの材質。当然、装飾品や金の銅像もまたモンスターの恰好《かっこう》の餌。

つまりミツイたち〈運び屋《スカルペ》〉はモンスターの襲撃に遭いながら要人《ドボルジャーク》の護衛をすることになる。

——それを見越していただと？

それならば、むしろ機械人形《フェイ》がいた方が囮《おとり》になるのかも……そう目を見開きゼータを見ていると、彼は象にため息を吐《つ》きながら訊《き》いてくる。

「ところでミツイ。象の扱いは？」

「……すみません。ありません」

世間一般的な荷馬車の面倒として馬とロバの扱いは学んでいたが、象は予想だにしていなかったミツイである。否定するやいなや「俺がやります」と前に出るのはゴーテルだ。彼はすぐさま象の首元へ。控えていた桃色の一番隊の先輩レヴィの上げた手に、自身の手を合わせていた。

「ごめん。お買い物を止められなかったわ……」

「気にするな。荷馬車の方は任せたぞ」

「ありがと。あと……メガネちゃん気を付けてあげてね」

そう言い残して、レヴィは他の隊員たちが待つロバに繋《つな》がれた荷馬車へと合流していった。

——メガネさんを気を付ける？

その会話に疑問を抱いていると、ドボルジャークが頭上からご機嫌に話しかけてくる。

「ほれ。可愛《かわい》い我が甥《おい》っ子《こ》よ。一緒に乗るか？」

「いえ、今は……」

——〈運び屋《スカルペ》〉として此処《ここ》に居るから。

そう言おうとしても、すぐに口が動かない。

「すみません。今ミツイ＝ユーゴ＝マルチーニはすでに我らの女王に踏まれておりますので」

「……ふん。気取った言い方しよって」

ゼータの社訓を使った言い回しは、ドボルジャークにとって面白くなかったらしい。

急に表情の色を損じて、吐き捨てる。

「それじゃあ、せいぜい象の足にも踏まれんよう気を付けるんじゃな」

「ご心配、痛み入ります」

それにミツイは粛々と頭を下げれば。

なぜか、隣の赤毛の同僚が揚々と言ってくる。

「もし象さんに踏まれそうになっても、今度はおれが助けますからね！」

「誰が踏まれるかっ！」

そんなやり取りをしていると、荷馬車の交代を終えた女性局員《メガネさん》が駆け足で戻ってくる。それにゼータが出発を合図をかけようとした時だった。

象の上から、再び声がする。

「それじゃあ、そこの眼鏡の嬢ちゃんや。隣においで？」

「いやぁ、あたしも仕事なので～」

彼女も〈運び屋《スカルペ》〉として中堅だ。客からのセクハラも慣れた苦笑で躱《かわ》そうとするも、ドボルジャークはゼータに聞かせるように大きな声で拗《す》ねる。

「なんじゃ。金が欲しいならいくらでもやるぞ？　ほれ、そこの青いの。追加料金を払えば何も文句はなかろう！　それとも何か？　ワシにこの金でもっと買い物をしろと言いたいのか？」

今から金属の量が増えたとて危険度には大差ないが、これ以上は体積的に象に積めない。ならば、増えた荷物はどうするか？　ただでさえ〈運び屋《スカルペ》〉の宿代をケチった男だ。追加で荷馬車を借りてくれるとも思えないし、そもそも三隊に分けられるほどの人員がこの場にいない。

ゼータが苦心をため息と共に吐き出すほかないのは、ミツイの目から見ても明らかだった。

「……悪い、メガネ」

それに、女性局員《メガネさん》もへら～と笑う。

「大丈夫ですよ～。……それじゃあオジサマ、お隣に失礼しちゃおっかな？」

「おお～！　良いぞ良いぞ‼」

こうしてお日柄もよく、引っ越し後半戦が始まったのだ。


象の上からは賑《にぎ》やかな声が聴こえてきた。

「ほら、貴重な果汁百パーセントのジュースじゃぞ？　一緒に飲むか？」

「えぇ～。それオジサマが飲んでるやつじゃないですかぁ」

「なに？　よもや間接チューなどと気にしておるのか？　昨日のピンクのお姉ちゃんは平気で飲んでおったぞ～？」

――我が親族ながら反吐《へど》が出る。

立派な性的嫌がらせ《セクハラ》である。仮にも自分の身内がそんな嫌がらせをしている行為を見たくなかったミツイ。しかも女性を見る目がないことが露呈しているから尚更のこと。

――あのピンク野郎は男だ。

伯父の勘違いに心の中で呆《あき》れていると、またしてもフェイが話しかけてくる。

「ミツイ君ミツイ君。あのオジサンに弱みでも握られているんですか？」

「……どうしてそーなる」

「だって普段のミツイ君なら、容赦なくオジサンにも文句言いそうじゃないですか」

それは、普段上司のゼータに対して散々文句を言っているからの発言だろう。

誰に対しても、理不尽と感じたなら堂々と自分なりの意見を述べてきたミツイである。

「……一応、あんなのでも命の恩人なんだ」

「経緯を聞いても？」

「大したことはない。ただ実親が手術の同意書にサインしてくれない状態だったから、代わりにサインしてもらったことがある。それを向こうが恩着せがましく言ってくるから、こちらも強く出れんというだけだ」

「なるほど！　あのオジサンは器の小さい人だと‼」

「おいっ！」

――仮にも今日の依頼人だぞ⁉

それはもう朗らかに大きな声で言い放ったフェイである。

またドボルジャークの機嫌を損ねたら面倒だと、ミツイが慌ててフェイの口を塞《ふさ》いだ時だった。

「きゃあっ」

「良いではないか。触っても減るものではないじゃろう？」

――この色ボケジジイ！

さすがのミツイも、思わず怒鳴りつけようとするも。

途端、視界が暗くなる。突如頭上に現れた生物に、ミツイは目を見開いた。

――空飛ぶ蛇神だと⁉

正式名称はムシュフシュ。かつて世界を牛耳っていたというドラゴンの末裔《まつえい》とも言われている神獣である。神獣なんて豪華な分類をされていても、モンスターはモンスター。ただ厄介なことに、神獣と分類されるタイプのモンスターはステルス能力が高く、本当に接近されるまで人間の知覚能力ではわからないという特徴がある。

角のついた頭は蛇、獅子《しし》の前脚、鷲《わし》の後脚、サソリの尾。そして飛んできたことからわかる大鷹《おおたか》の翼。たまに翼がなく飛ばないタイプもいるから、頭上から迫ってくるのは、空飛ぶ蛇神。

その爪先がまっすぐ象に――その上に乗ったドボルジャークと女性局員《メガネさん》に向かう。とっさに身を挺《てい》して女性局員《メガネさん》がドボルジャークを庇《かば》おうとするのと同時に、その爪が大きく上に跳ね上がった。

その真下には、不格好に銃を上に構えたアキラがいる。

「あっぶね～‼」

そしてすぐにモンスターが真横に大きく揺れた。いつの間に移動していたのか。側面から立て続けにライフルを発砲し続けるのはゼータ＝アドゥルである。

「フェイ、象と反対に走れ‼　なるべくモンスターを引き付けながらな！」

「了解ですっ！」

フェイが動けば、モンスターの気も逸れる。だけどモンスターが方向転換しようと大きく翼を羽ばたかせた時、強風が起こった。

「どわっ⁉」

風に踏ん張りながらも、ミツイが醜い悲鳴に視線を向ければ。

風に煽《あお》られ、象から女神像が落ちていた。そのドスンとした衝撃に真っ先に気づくのは蛇神──と、ドボルジャーク。慌てて象から飛び降りようとするドボルジャークをすぐさま女性局員《メガネさん》が引き留めようとするも──ドボルジャークの重量を女性が片手で引き上げられるはずもなく。

再びドスンッと砂が舞い上がる。同時に上がった鈍い悲鳴は女性のもの。

必死に依頼人を守ろうとしたのだろう。小柄な女性が巨漢の下敷きにされている。遠目からはっきりとは見えないが、眼鏡が割れ、赤い涙を流しているようにも見えて。

「メガネさんっ⁉」

「あたしは大丈夫だから──ミツイ君っ⁉」

ミツイの横を再び強風が駆け抜けていく。

自然と閉じてしまっていた目を開けば、未だ倒れているドボルジャークらに急接近した蛇神の尾が見えた。とっさにミツイは銃を構える。だけど、引き金を引くよりも早く。

「ふんっっっっ！」

突進していった蛇の頭を、ゴーテルがそのまま抱き込んだ。勢いに押され、砂に二本線が伸びていくも、起き上がれないドボルジャークらの前で止まり。ミツイが思わずホッと息を吐いてしまった時だった。

蛇神の獅子の爪が振り上げられ、まっすぐゴーテルに振り下ろされる。闘士の鈍いうめき声。制服の胸部を大きく抉《えぐ》られ、鮮血があたりに飛び散る。

ミツイは息を吐き出すのが一瞬遅れた。

「ゴーテル先輩っ‼」

ダン、ダン、ダン、と発砲音が三回。

胴体を撃たれて、そのまま逃げるように高度を上げていく蛇神。

それにその場の誰しもが一瞬は安堵《あんど》するも、危機が去ったわけではない。

それなのに、依頼人のあげた声音にミツイは殺意すら覚えた。

「わ、ワシの女神像が⁉」

顔から血を流す女のことも。モンスターの爪に裂かれ倒れた男のことも、その男は気にせず。足を怪我しているのか、不格好な姿で買ったばかりの女神像へ駆け寄る。

その光景をミツイ以外の誰も気にもかけず、ゼータは的確に指示を飛ばしていた。

「アキラ！　フェイと一緒に時間稼いどけ！」

「あいさーっ！」

この時ばかりは、減らず口の多い彼も文句を言わない。

アキラはフェイに指示を出しながら、蛇神の注意を引き始める。マグナム弾をこれでもかと撒《ま》き散《ち》らす音を背中に、ゼータは倒れたゴーテルと女性局員《メガネさん》のもとへ走る。

そんな上司に、上半身を起こした女性局員《メガネさん》が的確に報告していた。

「ゴーテルが胸部を裂かれて負傷。意識混濁。麻痺《まひ》毒の恐れあり。早めの治療が必要です」

「メガネ、お前も目が――」

「眼鏡で瞼《まぶた》の上が切れただけです。ただ眼鏡が割れたから……全然見えないので戦闘には参加できません」

「……わかった。医療セットは無事だな。手探りでいい。ゴーテルに簡易的な応急処置を。同時に本部に救援要請。無論、俺の名前を出して構わない」

「了解《サー》」

そう言いながら、ゼータは胸ポケットから通信機を投げる。街の外でも使える特殊電波の通信機にもまたハイヒールの刻印がある。ただ、その通信機を持つのは隊長クラスのみ。

――これが、Sランク任務……。

今更ながら、ミツイはこの任務の危険度を思い出していた。

依頼人のイレギュラーな行動もあるが、モンスターの強さが規格外だ。

今までも小型ワームや巨大サソリなどを相手にしてきたものの、すべて大きさも人間サイズ。しかも毎回、先輩が矢面《やおもて》に立ってくれていただけの話。

そんな頼りになる先輩二人が立て続けに負傷してしまった。しかもゴーテルは重傷だ。

ミツイは震えるこぶしを、爪が刺さるほど握りしめる。

——俺も戦わないと！

——この場で自分には何ができる？

武器はピストル弾入りのサブマシンガン。弾数は多いが、一発ごとの威力があるわけではない。護衛に向いた武器だとゼータは言っていた。それならば……最前線で戦うか、怪我人たちのそばで彼らを守るか。

——後者だ。

自分を守れるということは、そばにいる誰かも守れるということ。敵は空飛ぶモンスター。サブマシンガンの飛距離では急所である額の核には届かない。前線は一番隊の面々に任せ、自分は護衛に徹するのが吉だろう——たとえ、この命に換えようとも。

そう、前へ走り出そうとした時だった。

「わ、ワシと女神像を守れーっ！」

そんな依頼人兼親戚《しんせき》の声に、思わずミツイは言い返す。

「伯父さんも早くこちらへ来てくださいっ！」

「アホか！　ワシの女神像はどうするのじゃ⁉」

——はあ？

誰もが命懸けの瀬戸際に、何を言われているのかわからない。

それでもドボルジャークはミツイの急所を抉ってくるから。

「ほら、ミツイ。今こそ恩を返す時じゃぞ！　貴様の命を助けたのは実質ワシじゃ。その命をワシのために使わんでどうする⁉」

――くそっ！

舌打ちして、ミツイが踵《きびす》を返そうとした時だった。

パチン――と。

場に不釣り合いの軽い音がして、思わずミツイは見やる。

なぜか、依頼人のドボルジャーク＝マルチーニを同期のフェイが叩《たた》いていた。

「お客様はばかですね」

フェイの表情に色はない。その淡々と責める口調は、どこか彼の上司に似ていた。

「この像の金属含有割合は八十パーセント。大層高価な代物だと鑑定できますが……これさえなければ、おれが一番金属の含有量が多い。よって真っ先におれが狙われていただろうと推察できます――つまり、メガネさんと象から落ちたのも、その後あなたを守ろうとしたゴーテルさんが大怪我を負ったのも、全部あなたのせいです」

当たり前だが、ドボルジャークにはフェイが機械人形《オートマトン》だということは伝えていない。その前提条件がなければ、フェイの言っていることを即座に理解することは常人には難しいことだろう。

「なっ……〈運び屋《スカルペ》〉が依頼人を荷物を守るのは当然じゃろう⁉」

「そうですね。でもこの彫像の値段は……推定六千万オルドといったところでしょうか。女性の顔に傷を負わせた値段と、男性の命より高いとお思いですか？」

理解できないこと、理解したくないことを他人に言われた時——人間という生き物はより思考が低下するようにできている。

「うるさいうるさいうるさ————いっ！　貴様らはワシに買われているんだ‼　ワシの言う通りに動けばいいんだっ‼」

だけど、無論フェイは機械だから。

「だから、ばかだって言ってるんですよ」

そんな人間の業など知らず、あっさりと一蹴した。

「その上で、今ミツイ君に何を命じましたか？　浅はかな思考しかできない命にそんな価値があると？　金額に直せばいくらですか？　その重さの重量は何グラムですか？　教えてください。おれのデータには、ばかの価値に関する記録がありません」

「馬鹿だ馬鹿だと……貴様は何回ワシを馬鹿にすれば気が済むんじゃ！」

その文句に、フェイはきょとんと小首を傾《かし》げた。

「あれ？　知能の働きが鈍い人のことを『ばか』と呼ぶのでは？」

その表情は、ただただ真面目で。

さすがに言い返せなくなったドボルジャークに、フェイは話は終わったとばかりに踵を返す。

「ばかはその場でじっとしていてください。それがあなたが助かる一番確率の高い行動です」

そんなフェイと、思わず呆然《ぼうぜん》としてしまっていたミツイの目が合えば。

彼は「もう！」と唇を尖《とが》らせてくる。

「ミツイ君もさっきから何を突っ立っているんですか？　その行動の合理性がおれには理解できないのですが――」

「てか貴様、モンスターは……」

「一時休戦です。ステルスモードに入ってしまいました。現在探知に大幅のＣＰＵを割いているので、多少の愛想のなさはご了承ください」

そう言うフェイの奥から、肩を回しながら近づいてくるのはアキラである。制服はよれよれになっているが、特に怪我があるようにも見えず。彼はいつも通り軽口を飛ばしていた。

「オレは弾切れね～。いやぁ、さすがに神獣の相手を二人じゃ無理だって！」

そちらの文句に苦笑を返すのはゼータだ。

「きちんと時間稼ぎはできているじゃないか」

「……ボーナス弾んでもらいますからね」

「それはどうだかな」

――一時休戦……。

その言葉に、ミツイはやはり目を見開くことしかできなかった。

あのゴーテル隊長ですら一撃でやられてしまったのだ。そんなモンスター相手に、一番隊の二名だけで一時休戦まで持っていけたのだという。

――アキラ先輩が凄《すご》いのか？

――それとも、やはり機械人形《オートマトン》が……。

その時、ミツイはまたフェイと目が合って。思わず訊《き》いていた。

「貴様、あの時なんて言おうとしたんだ⁉」

「え、あの時っていつのことですか？」

「昨日の晩！　ゾンビが出てくる前に何か言いかけただろう⁉」

ミツイが『機械になりたかった』と言った時。あの後、たしかにフェイは何か言おうとしていた。

急襲してきたゾンビのせいで聞けずじまいだったことが……ミツイは心のどこかで引っかかっていたのだ。それに、フェイは一瞬視線を落として……小さく笑った。

「おれもミツイ君みたいな人間になりたかった、って言おうとしたんです」

「なんだ、それは……」

——本当に、何なんだ。それは……。

なぜだか、泣きたい。

求められたことを的確にこなせる能力があれば。

すぐに怖気づきそうになる心がなければ。

きっと、自分の求める理想の自分になれるんじゃないかと、そう思ってすらいたのに。

——逆に羨《うらや》ましがられてしまうとはな。

ミツイは洟《はな》をすすることで、涙を堪《こら》えた。代わりに顎《あご》を上げて笑ってみせる。

「貴様も俺に嫉妬《しっと》していたのか！」

「え？」

「大いに結構！　これからもこのミツイに存分に嫉妬するがいいっ‼」

堂々と胸を張り、ミツイは白い歯を見せる。

そして少しだけ視線を逸らして、ついでに言った。

「ついでに貴様、敬語もやめろ。同期として相応《ふさわ》しくない」

「わ、わかりました……」

「お前の頭脳はポンコツか？」

「あ、いえ……わかった……？」

そう答えてから「プログラミングを変えないと……」とぶつぶつと言い始めるフェイを、ミツイは「機械もめんどくさいな」と笑い飛ばせば――フェイの表情が、急に無機質になる。

「……近づいてきました。接触まであと二十秒」

その一言に、全員に緊張が走る。

各々が銃を構えた。

フェイも撃ったことがないらしいハンドガンを片手に下げて。ゼータはスナイパーライフルのカートリッジを入れ替えて。アキラはもう銃弾がないという。それでも動けぬゴーテルらのそばでいつでも動けるように控えていた。

だからミツイは――ひとりその奥へと進むことにする。

金ぴかの女神像にしがみついていたドボルジャークの襟首を掴《つか》み、無理やり引きはがす。ゴーテルのような怪力はなくとも、病気が治ってからずっと身体《からだ》を鍛え続けてきたのだ。いつも椅子にふんぞり返り、豪華な物ばかり食べている中年男性に筋力で負けるはずがない。

「伯父さん。これ買い取らせてもらいますよ」

「なんでいきなり――」

だけど、ばかの話なんか一切聞かず。

「よいしょおっ！」

ミツイはその金ぴかの女神像を肩で担ぐ。

――おっも‼

それでも、えっちら。おっちら。なりふり構わず、よれよれとアキラの横を、ゼータの横を、フェイの横を通り過ぎて、最前線まで運んで。

「お前……何を……？」

そんなゼータからの問いかけに、汗だくのミツイはニヤリと笑った。

「そいやあああああああっ！」

ミツイが女神像を放り投げると、ステルスを解いた蛇が勢いよく食らいつく。

腰が痛い。膝《ひざ》が震える。それでもミツイは即座にマシンガンに円盤状の弾倉を取り付け、トリガーを引いた。ずっと引き続けた。

だけどいくら狙おうと……うねうねと動く蛇の頭の小さな核に、銃弾は一発も当たってくれない。

そんなミツイの背後で、ゼータが声を上げた。

「俺らは護衛に回る！　フェイはミツイの援護をしろ‼」

「了解《サー》っ！」

その命令に、フェイがミツイの隣にやってくる。ミツイは即座に指示を出した。

「俺が前に出る！　貴様は後ろからあいつの気を――」

「いえ、おれが前に出て核を潰《つぶ》します。ミツイ君は援護射撃を。武器性能からして、おれのハンドガンじゃあのサイズのモンスターの威嚇に不向きです」

「じゃあ、貴様は後から付いてこい。そして俺様を踏めっ！」

「え？」

フェイの疑問を無視して、ミツイは砂を蹴って走り出す。

空になった弾倉を捨てて、最後の弾倉を装着して。ひたすらトリガーを引いて。

ただただ真っすぐに低空からこちらを威嚇する蛇の頭に向かって、狙いもそっちのけで突進していると、そのうちの一発が額の核をかすった。

それにキュイッと悲鳴をあげた蛇神が、慌てて高度を上げ始める。

途端、ミツイはマシンガンを放り投げ――組んだ両手を下げた。

「来おおおおおおいっ！」

「……わかった！」

すぐさま駆け寄ってきたフェイの足がミツイの手を踏み――ミツイはそのまま腰に力を入れて持ち上げた。「そおおおおいっ！」という間抜けな叫び声を、笑う者は誰もいない。

◆

ただただ全力で跳び上がらせてもらったフェイ＝リアは、即座に空中で演算を始める。

──絶対に成功させなくっちゃ。

フェイには正直わからない。

ミツイ少年が、今、どんな気持ちでいるのか。

金持ちの少年で、高度な教育を受けてきただろうことが推察できる。

伯父を含め、家族仲はよくないだろうと推察できる。

そして誰よりも〈運び屋《スカルベ》〉の仕事に全力で取り込んでいると推察できる。

自分に敵意を向けると共に、誰よりも優秀であろうと奮闘していることが推察できる。

頑張り屋の少年だ。前向きな少年だ。誰よりも優しい少年だ。

そんな少年が、伯父のわがままで敬っていた直属の先輩を負傷させられ、それでもなお伯父を守ることを強要されて──今、どんな心境でいるのか。フェイが五年で培ってきた感情データの中に該当するものを捜し出すことができなかった。

それでも砂漠の中で誰よりも懸命に叫んでいるのが、彼だから。

彼のひたすら全力な姿を見て、フェイは思う。

──絶対に成功させなくっちゃ。

いかに、敵の小さな核を撃ち抜くか。その成功率を上げるための犠牲を即座に計算して——フェイは開かれた蛇の口に自分の下肢を差し込む。機械の足。その餌にモンスターは当然のごとく噛《か》みついて——食いちぎられる前に、フェイは蛇の上顎《うわあご》を両肘《りょうひじ》で押さえつける。

「撃てええ、フェェェェイ！」

——ミツイ君から名前を呼んでもらえたのは、初めてだ。

それにフェイは、まるで教室の机で肘《ひじ》をつく学生のように笑顔で答えた。

「うんっ‼」

そして、引き金を引けば。

至近距離で射抜かれた赤い宝石が、パリンと可愛《かわい》らしい音を立てて砕け散る。

その破片と同時に、下肢を食いちぎられたフェイも砂へと落ちていって。

——タメ口で話す許可を貰《もら》えた。名前で呼んでもらえた。

——これはもう、『友達』といってもいいのでは？

背中から砂の上に落ちた直後に、足を失くしたフェイはにんまり口角を上げる。

——任務遂行完了《ミッションクリア》。

◆

「うわぁ、眼鏡ほんとに直った〜」

「お役に立てて光栄です」

目の上に止血テープを貼りながらも、その上から綺麗《きれい》に直った眼鏡をかけ直す女性局員《メガネさん》。彼の自己修復機能の応用で多少のモノは直せるらしく、眼鏡もその範疇《はんちゆう》だったらしい。

無邪気に喜ぶ女性局員《メガネさん》をよそに、フェイはそばに横たわる大男に向かって頭を下げる。

「でもごめんなさい。物や機械は直せても、おれ人間を直すプログラミングは入ってなくて」

「気にするな。それができたら医者が要らなくなる」

戦闘後、ゴーテルも無事に意識を取り戻した。簡易的な止血は女性局員《メガネさん》がしたものの、少しでも動けばすぐに傷口が広がる。麻痺《まひ》毒も抜け切っていないため、動くことはできない。しかし命に別状はないとの見込みだ。

だから、ミツイは安心してフェイに指を突きつけた。

「てか、それどころではないだろう⁉」

だって、この同僚。自らモンスターの口に両足を突っ込んだのだ。もちろんフェイの身体は機械でできているため、モンスターからすれば餌が自分から口の中に飛び込んできたようなものである。

そのままパックンと口を閉じ、下肢を食いちぎられる直前で――フェイは核を撃ち抜いた。

そのため股《また》から下ががっつり食べられ、腰部分にかけられたジャケットの下では絶賛修復中。耳を凝らせば、ギュインギュインと何かが伸び縮みするような音が聞こえる。

そんな下肢部分を、ミツイは容赦なく指さした。

「貴様、足‼　半分、食われて⁉」

「あと三十秒で直るけど、見る？」

「き、貴様は自身の身体を安売りしすぎだ⁉」

そんな熱いミツイの訴えに、フェイはやっぱり首を横に振った。

「そんなことはないよ。おれ、ちゃんとアキラ先輩の命令守ってるから」

「どういうことだ？」

その会話に、戻ってきたアキラが「オレがどうかしたっすか？」と声をかけてくる。彼がマグナムの銃弾を切らしたせいで「もう役立たずなんだから」とゼータから理不尽に雑用を押し付けられていたのだ。

そんな先輩に向かって、フェイは満面のドヤ顔を向けていた。

「あれですよ。初めての任務の時の『死ぬことも壊れることも許さないっすよ』という――」

「あ～～～～っ‼」

アキラが大きな声を発しながら、その場に頭を抱えてうずくまる。

それでも、フェイはニコニコと続けた。

「あの時『絶対だ』と言ってましたので、おれどんなことがあろうとその命令の遵守を第一優先として行動してましたっ！」

「忘れて……？　いや、だからといって死ねってわけじゃないんだけど……」

「ご安心ください！　足がもげるくらいじゃ、おれ死ねないんで！」

そんなことを話していれば、三十秒なんかあっという間だ。「ほらできた」とフェイがジャケットを取り除けば、そこには日焼けの跡すらない綺麗な少年の足が二本生えていた。

それに女性局員《メガネさん》だけが「眼福ごめんね～」と視線を背ける。制服を戻すのはやはり不可能だったようで、彼が下着一枚だったからである。

ミツイがまたもや「貴様～～‼」と怒鳴りつけるも、フェイはにこやかに話題を変えた。

「ねぇねぇ、ミツイ君。もうおれたちって友達ってことでいいんだよね？」

「はあ⁉　何を小恥《こっぱ》ずかしいことを――」

「だってタメ口の許可貰えたし。名前も呼んでもらえたし。いいんだよね？　おれたちはもう友達ってことでいいんだよね⁉」

もちろん、今までならフェイと友達など言語道断だったミツイである。

だけど、ふと気が付いてしまった。

今までの人生、『友達』と呼べるような相手が一人もいなかったことに。

――こいつが人生初の友人だと⁉

屈辱である。こんな皮肉があってたまるか。

――だけど……。

追及のしつこいフェイは髪のみならず、嬉《うれ》しさも爆発させている様である。

ミツイは「ぐぬぬ～」と葛藤《かっとう》をしてから、そんな機械らしからぬフェイを振り払った。

「え～い、貴様の好きにしろっ！」

「やったー、これで正式にミッションクリアだ！」

「なんのミッションだ⁉」

その賑《にぎ》やかな新人らの様子に、嘆息を挟んだのはゼータだった。

「もうすぐ救援が来る。ゴーテルとメガネはここで救援を待て。あとの連中で任務を続けるぞ」

『了解《サー》』

一同の揃《そろ》った返事に、ゼータはアキラを見下ろして眉根《まゆね》を寄せる。

「そこで丸まっているやつからの返事が聞こえないな。ちゃんと全部捨てて来たのか？　がめこんだりしてないよな？」

「……アドゥル副長は、オレを何だと思ってるんすか……」

「一番かわいい部下だと思っているが？」

「嘘つけっ！」

唾《つば》を飛ばしたアキラはさっきまでドボルジャークが追加購入した貴金属を離れた場所に捨ててきたのだ。どのみちフェイがいる以上モンスターの遭遇率は変わらないが……他に金属がなければ矛先はフェイに向く。そもそも手荷物が少ない方が戦いやすい。

当然、ドボルジャークは反論したものの、ミツイが一言で言い含めた。

『伯父さんの命より高い物がありますか？』――と。

「さて、それで任務続行する俺らだが……」

そこでようやく、ゼータは視線を所在なげに砂の上で座り込んでいたドボルジャークに向けた。

ちなみに象もここに置いていくことになった。動物の扱いに長けたゴーテルも動けない以上、モンスターとの戦闘で邪魔になる可能性の方が高い。無理に連れていって象まで怪我させるのは、皆気が咎《とが》めたのだ。救護班に象ごと任せた方が賢明だろう。

〈運び屋《スカルペ》〉がドボルジャークを見つめる視線は冷たい。

当然だ。このわがままな依頼人のせいで皆が危険な目に遭い、怪我を負い、それでもなお〈運び屋《スカルペ》〉を軽視する発言をしたのだから。

しかし、〈運び屋《スカルペ》〉はしょせん靴である。誰かの足代わりに、荷物を運ぶためにボロボロに履き潰される――それが〈女王の靴《レギーナ・スカルペ》〉の信条。

だけど……自分たちで言うからいいのだ。

依頼人であろうと、他人に言われて気持ちいいものではない。

――でも、だからこそ。

ミツイはゼータの指示を聞くよりも前に、依頼人《ドボルジャーク》に背を向けて屈んだ。

「マルチーニ卿、首に手を回してください。俺が背負います」

「ミツイ……」

きちんと、ドボルジャークを依頼人扱いして。

素直に腕を伸ばしてくる彼の尻に腕を回し「よいしょおおお」とミツイが腰を上げれば、ゼータが淡々と指示を出し始める。

「じゃあ、先頭がフェイだな。地図と方位は頭に入っているんだろう？」

「もちろんですっ！」

フェイは一番前を任されたのが嬉しいらしい。ニコニコを笑いながら「それでは出発しますよ～」と遠足の先導員を務める先生のように手を振りながら、足取り軽く歩き始める。

そんな頼りない背中を見ながら。

ミツイは重たい伯父に一言だけ告げる。

「伯父さん……あの時、手術の同意書にサインをしてくれてありがとうございました」

「何をいまさら……」

「おかげさまで、今こうして憧《あこが》れの仕事に就いています」

「……ふん」

そうミツイの肩で鼻から息を吐いたドボルジャークは、年甲斐《としがい》もなく拗《す》ねたように口を尖《とが》らせた。

「……貴様の投げた女神像代は、甥《おい》っ子《こ》への就職祝いにしといてやる」

「ははっ、ありがとうございます！」

そんな伯父と甥っ子の交流の後ろから、

「俺の人員配置センス、凄《すご》くないか？」

「たまたまっしょ」

一番隊の上司二人からそんな会話が聞こえたような気がするが……。

砂漠に照り返す日差しが暑いから、ミツイは空耳だと思うことにする。

◆

そして、後日談。

「どーーーしてだあああああああ⁉」

今朝も〈女王の靴《レギーナ・スカルペ》〉本部の掲示板の前で、やっぱりミツイ＝ユーゴ＝マルチーニが叫んでいた。

その隣でフェイ＝リアは朗らかに笑っており、ニコーレは「あらあら」と苦笑している。

――今年の見習いは異様に仲がいいな。

てっきり相性最悪の年代になるかと思いきや、そんなことはなく。

ちょっぴり羨《うらや》ましい気持ちを抱きながらも、ゼータが敢えて欠伸《あくび》をしながら「早く着替えろ～」とその横を通り過ぎようとすれば。

またまたやっぱりミツイが文句を言ってきた。

「アドゥル副局長、どうしてですか⁉　どーしてフェイの星が増えてないんですか⁉」

――こいつは自分のこと以外にも文句を言うのか。

実際、先日の引っ越し作業で、ミツイには星を満点の十個与えている。Sランク任務五個×二日分という計算だ。途中キャンプ地から無断で離れ、無駄に戦闘をする行為はあったが……野宿でやるべきことは十二分に行った後だったし、荷物に何も支障はなかったから特に問題としなかった。

対して、同じ任務をこなしたフェイには星二つだけ。

その結果、成績表は元々トップだったミツイが断トツに突き抜けた。フェイとニコーレが僅差《きんさ》で次点となっている。

その理由を、ゼータはめんどくさげに教える。

「だってそいつ、お客様を殴ったろ」

「あ。」

それに、さすがのミツイも一瞬押し黙った。その隙にゼータは淡々と正論を述べる。

「いかなる理由があろうと、客は客。金を貰《もら》う以上、お客様を殴るべからず。殴るなら金を貰うな。だけど今回俺はしっかりと代金を貰った。つまりはそういうことだ」

「それなら、俺だって客の荷物をモンスターの餌に——」

「あの女神像は当初のリストに載っていない代物だ。追加料金も貰っていない。保証リストの対象外だ。お客様からも『不問でいい』と言われたしな」

「そんな屁理屈《へりくつ》っ！」

ミツイの飛ばしてくる唾を、ゼータはハンカチで丁寧に拭《ぬぐ》う。

それでも、負け犬の遠吠《とおぼ》えとして話が終わってくれれば結構だと、その場を纏《まと》めようとした時だった。ミツイはまだ諦《あきら》めてくれないらしい。

「よし、ならば引っ越し代の料金も全額俺が払えば——」

「ミツイ君、いいですから」

「あ？」

それをたしなめようとしたフェイが、今度はミツイに睨《にら》まれる。

フェイは慌てて訂正した。

「あ、えーと。大丈夫だから」

どうやら二人はため口で話すようになったという。だけどずっとフェイの口調を司る回路には『誰に対しても敬語で』とプログラミングされていたらしく、特定の人物にだけ口調を切り替える、といった行動に難儀しているらしい。

それでもゼータからすれば、そのゼータにはわからない苦労も楽しんでいいように見える。

――不器用なやつらめ。

「くそっ！」

その時、吐き捨てるように舌打ちしたミツイが、掲示板の模造紙に手をかけた。

「これなら文句あるまいっ！」

自分の星の列の部分を十個分、半ば乱暴にシールを剥《は》がしていく。

そしてそのまま、フェイの列へとべたべたと貼り付けた。

ゼータが毎晩見栄えがよくなるようにと、丁寧に貼っていた星たちだ。それを乱暴に貼り直されて普段なら機嫌が悪くなるところだが……今のゼータは、思わず疑問を投げかけていた。

「お前……いいのか？　正直残りの仕事量からして挽回《ばんかい》は難しいぞ」

「構いません！　男のミツイに二言はないっ‼」

きっぱりと、そう吐き捨てて。

だけど少しだけ眉根を寄せるのは、年相応の可愛《かわい》らしさだろう。

「この機会を逃したからといって、永久にステラ隊に所属できないわけではないですよね？」

「あぁ、それはもちろんだ」

「ならば結構！　まだまだ俺は二番隊で学ぶことがたくさんある‼」

そして誰よりも勇ましく、彼は胸に手を当てて言いのけた。

「真に貴殿が俺に相応《ふさわ》しいと思った時、〈女王の靴《レギーナ・スカルペ》〉の星《ステラ》の座を頂戴《ちょうだい》するとしよう！」

ミツイがこの場を後にする。それに続いて、ずっと傍観を決めていたニコーレも「それじゃあ、わたしも」とゼータに会釈をしてから更衣室へと向かった。

「あいつはカッコいいいんだか悪いんだか……」

だからそんなゼータの苦言を聞くのは、今も呆然《ぼうぜん》と模造紙を見つめているフェイのみだ。

ただただ真っすぐに自分の増えた星をキラキラした目で眺めている見習いに、ゼータは告げる。

「終わったらその模造紙、お前にやろうか？」

「いいんですか⁉」

「どうせ捨てるだけだしな」

そんなゼータからの申し出に、フェイは今までで一番嬉しそうな笑みを返してきた。

「一生の宝物にしますっ！」

ゼータも一緒にコーディネートした、フェイの部屋。最低限の家具家電や観葉植物などを置かせてみた結果、まるでモデルルームのように無機質な部屋になった。たびたび様子を見るために訪れているものの、一ミリたりと何かが動かされた形跡はない。

その殺風景な部屋に、このボロボロの模造紙が貼られている光景を想像して。

「センスねーな」

ゼータは小さく苦笑した。

エピローグ　見習い〈運び屋《スカルペ》〉は女王と謁見をする

「けっかはっぴょ～」

　そして見習いたちの二か月の研修期間が終わりを迎えた。その最終日にまたお疲れの意を込めた宴会席を設けたものの……やっぱり〈女王の靴《レギーナ・スカルペ》〉の面々は、前に立つゼータの話を誰も聞いてやしない。

　だからゼータはいつも通り淡々と、己に課せられた役割だけをこなしていく。

「今年の一位は一番隊のフェイ＝リアだ！　おめでとう！　一番隊の皆も俺も大変ご苦労！」

　自分を労《いたわ》ってくれるのは自分のみ――と、自分を励ましつつ。

　やる気のない拍手が飛び交う中、ゼータは雑な乾杯をこなす。局員一同が息を吹き返したように、馳走と酒を貪《むさぼ》り出していた。

　その賑《にぎ》わいの中で、やっぱり中心は新人たちのようだ。

　今宵もミツイが元気にフェイに指を突き立てている。

「此度《こたび》の勝負では貴様に負けたが、〈運び屋《スカルペ》〉として負けたつもりはない！　ステラ隊に入隊するのは、ミツイ＝ユーゴ＝マルチーニであるっ！」

「うん、全力で応援させていただくね！」

「わたしも応援してるわ」

だけど、今日も変わらず同僚二人に相手にしてもらえないミツイが頭を抱える。

「貴様～！　何度その敬語口調を改めろと言ったら覚えるんだ！　中途半端にタメ口が混じっているものだから、なお腹立つ！」

「あ……ごめん。こう……プログラミングの切り替えがどうしても難しくて」

「なんだ、その切り替えというのは。今までと何か変わったわけでもないだろう」

「え、でもおれたちは友達に――」

懸命に説明しようとするフェイに、ミツイは相変わらず唾《つば》を飛ばした。

「だから、友達以前に俺らは『同僚』で『同期』だろうが！　上下関係がないという点では、何も変わりがないだろう！」

「あ……」

言葉を失くしたフェイに対して、当のミツイは顔を赤らめていて。

――俺は何を見させられているんだ……。

それこそ特殊な嗜好《しこう》を持つ女性読者が喜びそうなマンガ的展開に呆《あき》れつつも、それに染まりきらないのが機械人形《オートマトン》。

「ちょっと待ってね。今から演算分析してみるから――」

「ンなことわざわざ分析するな！」

「えぇ～？」

そんな新人らが本格的な喧嘩《けんか》をし始める前に――ゼータはフェイに声をかけることにした。

「ほら、フェイ。ちょっとこっちに来い！」

「あ、了解《サー》！」

なんだろう、と目を丸くした本日の主役を連れていくのは廊下の先。

この本部で唯一ド派手なピンク色の扉の前だ。

「ここは……」

アキラから奪っていた唐揚げ棒をモグモグと口の中に押し込み終えた見習いに、ゼータは答える。

「ご所望の〈女王《レギーナ》〉の間だ」

事前に、ゼータはフェイに訊《き》いていた。星集めトップの個人報酬は何がいいのか――フェイのことだから『何も要りません』と言われることを予見して、超高級エクストラヴァージンオリーブオイルを大量に用意してあったゼータだったが……フェイはしっかりと、自分の望みを告げてきたのだ。

『いつも副長が覗《のぞ》いている扉の中を見せてください』――と。

――悪趣味め。

だけど、その申し出は一石二鳥だった。

ゼータとしても、一度確かめておきたかったから。

「いいか、危ないと思ったら即座に離れろ。そして……気持ち悪いなどと思った場合、今からでも入職をなかったことにしても構わない」

「おれはぜひ〈女王の靴《レギーナ・スカルペ》〉に――」

ゼータの言葉に、慌ててフェイは否定の言葉を返そうとするも。

それを先回りして、ゼータは「わかっている」と告げる。

「お前の覚悟は重々承知だ。だけど……お前の高性能な計算回路がやめた方がいいと判断するかもしれないものを見せるんだ」

「……万が一にもそれはありませんが、わかりました」

フェイが固唾《かたず》を呑《の》んだことを確認してから、ゼータはドアを開き、声をかける。ドアの中には、何重もの厚いカーテンがかけられていた。

「レギーナ、ぼくだよ。今日は新しい友だちを連れてきたんだ」

そのカーテンを、掻《か》き分《わ》ければ。

中からはオルゴールの音が響いてくる。その鈴の音のような合間に聞こえるのは。

「ウガァ……ガァ……」

とても人のものとは思えない、唸《うな》り声。

それを放つ張本人は、廊下からの電灯の明かりしか光源のない暗い部屋の中で、鎖に繋《つな》がれていた。その鎖は彼女とキングチェアを繋いでおり――片目だけ眼帯をした痩《や》せぎすの女性は、その長い黒髪を大きく振り乱す。

口からはよだれを垂らし、暗闇でもわかる真っ赤な瞳をこれでもかと見開く二十歳前後の女性と、彼女のピンクのひらひらドレスとぬいぐるみなどがたくさん置かれたファンシーな部屋。そのどち

らが異質なのか――さすがのフェイが判断に迷っているのかと、ゼータがその目を見開いた横顔を見ている間に、

「ガ！　ガガガガウガヴァァ‼」

鎖をギリギリまで伸ばし、彼女の長い爪先が躊躇《ためら》うことなくフェイの顔を狙う。それに彼は飛《と》び退《の》くのではなく、自ら一歩前に出る始末。

「フェイ⁉」

さすがのゼータも慌ててその腕を引く。それでも女王の爪はフェイを深々と抉《えぐ》り裂き――まるで口が裂けたように、その部分の肉が削ぎ落とされてしまっていた。

ゼータが無理やり彼女を抱き込む。肩を噛《か》まれても、その背中をぽんぽんと優しく撫《な》でていた。

「ごめんね、いきなりでびっくりしちゃったね。大丈夫……大丈夫だから……」

そうゆっくりと宥《なだ》めながら、キングチェアへと座らせる。そしてそのまま髪を梳《す》くように頭をゆっくり撫でてやると、彼女はすやすやと寝息を立て始めた。

肩を噛まれることなんて、いつものこと。

ゼータは暴れた時に落ちたであろう彼女の眼帯を拾い、もっとひどい怪我を負わされた見習いの様子を見やれば――広くなりすぎた口蓋《こうがい》を上手《うま》く使い、フェイは笑っていた。

「はは……ようやく、ようやく見つけました……！」

――やっぱりか。

フェイの反応に、ゼータは今までの予測が当たったことを確信して。

彼が愛する〈女王《レギーナ》〉について、端的に説明する。

「女王《レギーナ》……彼女は俺の姉だ。とある仕事から戻ってきた直後、彼女は〈世界の呪い《ノクタージュ》〉に遭い――こうしてモンスターのようになった。このことは局員の中でも、限られた者しか知らん。俺は彼女を治すため、彼女の作った〈女王の靴《レギーナ・スカルペ》〉を引き継ぎ、仕事を通してあらゆる情報やコネを作っている」

今まで何の成果もなかったがな――と付け加えながら。

姉がこのようになったのは五年前。ちょうどフェイは研究所でとある〈運び屋《スカルペ》〉に助けられたと話していた時期と合致する。

隣を見やれば、姉が最後に会ったと思われる機械人形《オートマトン》が、乾いた笑いを浮かべていた。

「あぁ……どうしておれは泣くことができないんだろう。今こんなにも……おれの伝達回路《バルス》が暴走しそうなのに……」

彼はいびつな口角をさらに上げながら、その場で眠れる女王に平伏する。

「どうか跪《ひざまず》くおれを踏んでください――おれの女王陛下《レギーナ》」

その発言に、ゼータは少しだけイラッとする。

そんな姉を崇拝する他の男の姿は、思った以上に面白くない。それでも、この機械人形《オートマトン》を紐解《ひもと》けば、姉を救うことができるかもしれないから。

――とことん利用してやる。

優しさと腹黒さを兼ね備えた大人は、まるで深い意味がないような素振りで見習いの頭を小突く。

「俺のだ。ばかやろう」

◆

〈機械人形《オートマトン》〉に脳みそはない。

得た情報から演算し、CPU《処理装置》を介して各組織部へ司令を伝達することはできるけど、それらは全て0と1でできている事柄だけ。

なのに〈失敗作《フェイリア》〉は自我を認識した時、思った。

――ここは、窮屈だな。

脳みそのない自分が思うことは、何なのだろうと。

研究室のカプセルの中にぼんやりといただけの彼はずっと考えていた。

たとえ脳はなくても、もしかしたら〈心〉はあるのかもしれない。

そんなの、ただの幻想かもしれないけれど。

それでも、彼は――――

〈機械人形《オートマトン》〉である彼が『フェイ＝リア』と自ら名乗ったのは、初めて自分だけを指して呼ばれたのが〝それ〟だったから。

彼のインプットされていた情報によれば、名前は他者から初めて貰《もら》う贈り物だという。それなら、自分の場合は〝それ〟が該当した——ただそれだけのこと。

だから、

『ところで、きみの名前は？』

『失敗作《フェイリア》です』

自分をどこかへ運んでくれるという〈運び屋《スカルペ》〉にそう聞かれて。

答えた名前を、フェイはずっと名乗り続けている。

配達中、そんなおかしな荷物に〈運び屋《スカルペ》〉はずっと話しかけていた。

『ぼくはね、〈運び屋《スカルペ》〉の仕事が好きなんだ！　そりゃあ、あまりよくない荷物の時もあるけれど……届けた時に、お客様の〈しあわせ〉そうな顔を見ることができる。それがなにより嬉《うれ》しいんだ！』


知っているかい？　ひとは、本当に嬉しい時に涙を零すんだ。

だから、いつかきみのしあわせそうな顔を見せてね。

それが——この仕事の依頼料だ。


そんなことを語った〈運び屋《スカルペ》〉にアガツマの街まで運んでもらい、『じゃあ、あとは自分で頑張ってみなよ』と別れを告げられた時、フェイはその人の名前を聞いてみた。だけどその人は、口元に人差し指を当てた。

『ぼくはただの〈女王の靴《レギーナ・スカルペ》〉。それ以上でも、それ以下でもない』

アガツマの街は、とても栄えた都市だった。

だけど身よりもない、友人も知人すらもいない。自由だけがある中で、フェイは識《し》る。

自由だけあっても、孤独なのだと。

唯一の知人ともいえるあの〈運び屋《スカルペ》〉を探していた時期もあったけど、あの人と出会えるどころか、まともな情報すら手に入らなかった。


そんなこんなで、一年が経《た》った。

飲まず食わずで生きていける身体《からだ》ゆえに、街で生きていくことはできた。だけど、それだけ。フェイは識る。自由だけあっても、目標がなければそれは死んでいるのと同じなのだと。

そんな当たり前な知識を少しずつ蓄積していた頃、一枚の広告ビラが目に入った。

『〈女王の靴《レギーナ・スカルペ》〉従業員募集!』

その企業名は、まさにあの〈運び屋《スカルペ》〉が名乗っていた名だ。そしてかろうじて集めた情報からも、ド派手な赤いストールとハイヒールマークのロゴは、十中八九〈女王の靴《レギーナ・スカルペ》〉の制服であることがわかっていた。

そのビラを片手に、フェイの伝達回路《パルス》が急激な勢いで動き出す。

——あのひとに会いたい。

ずっと研究所で実験されていた時は、ただ『自由』だけがあれば満たされるのかと思っていた。

だけど、それは違った。望みがあり、目標がある。それがあって初めて、〈心〉が満たされるのだと。自分は〈しあわせ〉になれるのだと――フェイの知的回路が導き出したから。


だからフェイは、その実現のために四年の歳月を掛けた。

まず初めに、街の人々をとにかく観察した。この一年間で、どうやら自分は人間としての交渉術が欠如していることが判明していたのだ。どうやら人間にとって、『表情』や『声色』というものが、大きく人間関係に影響を及ぼすらしい。

だから、あらゆる年代層、職業、性差から取れるデータを事細かく計算して――『見習い』として相応《ふさわ》しい人物像を導き出し、それに従い、顔の筋肉伝達回路《パルス》や声帯伝達回路《パルス》を改良した。

それができてしまえば、あとはその計算結果に倣うだけ。

体力や体術はもとより人間より優れているし、知識は一度データとして入力《インプット》してしまえば、それを試験の時まで保存しておくのみ。

そうして満を持して今年、〈女王の靴《レギーナ・スカルペ》〉の入職試験を受けて――フェイは出会った。あの時の〈運び屋《スカルペ》〉と、同じ匂いのする人物と――


――なるほど。遺伝子が似ていたわけだ。

機械だから、感覚はすべてデータとして記録されている。『匂い』はその中で、個人を特定するのに最適な判断基準だった。遺伝子配列によって、その『匂い』は変わるから。まぁ、そんな感覚を人間に話しても、わかってはもらえないのだろうけど。

そして本当に、あの時と同じ『匂い』をした女性との謁見を終えて。

フェイは抉られた頬の修復も忘れて、笑う。

「あぁ、これでようやく約束を果たすこと《ミッションクリア》ができる……！」

ようやく、あの時の〈運び屋《スカルベ》〉と再会することができた。

あとは、自分が〈しあわせ〉であることを見せることができればいいだけ。

ようやく進んだ一歩だ。恍惚《こうこつ》としていたフェイに、ゼータは呟《つぶや》く。

「本当に怪我でもしなきゃ、人間なのか機械なのかわからないな」

「……そうですか？」

「あぁ。恩人があんな状態で笑えるなんて、危ないやつでしかないだろうよ」

「普通は、悲しくて泣くものなんですかね？」

「おそらくな。情緒が壊れた人間なんて、故障品と同義だな」

その言葉に、フェイは心から綺麗《きれい》に微笑《ほほえ》む。

「だから、おれは〈失敗作《フェイリア》〉なんですよ」

自分は、しょせん〈失敗作《フェイリア》〉だ。

どうあがいても正規品になれない、ただ捨てられるだけだった存在。

そんなゴミのささやかな夢は――

女王様《レギーナ》に踏まれながら、自分が〈しあわせ〉であると示すこと。

「泣きたいのか？」

「そうですね、泣いてみたいです。人間はしあわせな時に泣くんですよね？」

「……俺は二度と、泣きたくないがな」

ゼータは小さく言ちた《ご》あと、フェイに向かって口角を上げる。

「改めてようこそ〈女王の靴《レギーナ・スカルペ》〉へ――お前が壊れるまで、こき使い倒してやる！」

「……はいっ！」

たとえ最期、踏み潰されて終わるだけだったとしても。

〈失敗作《フェイリア》〉は満面の笑みで女王様《レギーナ》に忠誠を誓う。


【「女王の靴」の新米配達人　完】

あとがき

カドカワBOOKSさまからは初めまして。ゆいレギナと申します。
このたびは本作『「女王の靴」の新米配達人　しあわせを運ぶ機械人形』をお手に取っていただき、誠にありがとうございました。

本作はウェブ小説サイト『カクヨム』さまで主催された『「戦うイケメン」中編コンテスト』にてご縁をいただいた作品です。『戦うイケメン』……ときめきしかないですよね。私も「二次元の旦那《だんな》はへし切長谷部（刀剣乱舞）だ！」と公言するほど戦うイケメンが大好きでして、このコンテスト名を見た瞬間に「何が何でも応募しなければ……」と掻《か》き立てられたのを今でも覚えています。

でも正直、受賞は難しいかなと思っていました。なんせ応募作は本当に「壮大なプロローグ！」と謎をぶん投げたまま作品を終えてまして。しかも流行りと真反対の退廃的な魔法もない世界観。受賞の連絡を受けた時にはとても驚きました。カドブの編集部やるな、と（笑）。しかも、当時はまだデビューして間もない頃。アマチュアと何も変わりません（それから半年以上経った今も、少し刊行数が増えたくらいなものですが）。三万字の「壮大なプロローグ」から、担当編集さんと二人三脚で改稿……というか、一章とエピローグ以外のすべてを書き下ろしたのがこちらの作品でございます。すごく勉強になりました。そしてすごく楽しかったです。

その中で、応募作から増えたキャラもたくさんいるのですが……その中でも個人的に印象深いのは『ミツイ』です。完全に主役を食う勢いのライバル坊ちゃんです。

担当さんから「クール系のフェイの同期を増やしませんか？」とご提案されて生まれたのがミツイ。余談ですが、名前の由来はデビュー前から長年お世話になっているフォロワーさんです。「名前を借りてもいい？」と聞いたら快くＯＫくださりました。文士、ありがとう。

でも気に入っている点は名前だけでなく、キャラ自体も気に入っております。ここまで読んで「クール系？」と思った読者さまも少なくないかと思いますが、そう、書いているうちに段々と残念系になっていきました。初めは自分のことを「ミツイは優秀なのである！」と自分の名前で呼ぶ残念坊ちゃんにしていたら「さすがに一人称は直しましょう」と助言を受け、今に至ります。それでも残念系キャラを受け入れてくだった懐深い担当さんには頭が上がりません。本当に楽しい執筆期間でした。

あとイラストレーター・夏子《なつこ》先生によるキャラクターデザインが上がってからのお気に入りは『アキラ』です。この三白眼。絶対に将来素敵な旦那になること確定じゃないですか。良いわ〜と、まる一日ニヤニヤしてました。幼稚園児の娘曰《いわ》く、『ゼータ』がカッコいいからママの王子様らし

いです。この人、〇〇〇〇なんだけどな？　果たして結婚できるのかな？（笑）

最後になりますが、こんなたくさんの素敵なイケメンを描いてくださった夏子先生、私の性癖を受け入れてくださった担当編集者さま、並びにカドカワＢＯＯＫＳ編集部の皆さま、そして本が皆さまの手に届くまでに尽力してくださった皆さま、重ねてになりますが本作をお手に取ってくださった皆さま、本当にありがとうございました。

本作の中に、お気に入りのイケメンはおりましたでしょうか？　どんな形でも構いませんので、お聞かせ願えたら幸いです。そして読んでみての通り、『女王の靴《レギーナ・スカルペ》』の仕事はまだまだこれからですので、またお目にかかる機会が生まれたらな、と思っております。

それでは、本作が皆さまの有意義な暇つぶしになれたことを願って。

ゆいレギナ

カドカワBOOKS

「女王《じょおう》の靴《くつ》」の新米配達人《しんまいはいたつにん》
しあわせを運《はこ》ぶ機械人形《きかいにんぎょう》

2023年 4 月10日　初版発行

著者／ゆいレギナ

発行者／山下直久

発行／株式会社KADOKAWA

〒102-8177
東京都千代田区富士見2-13-3
電話／0570-002-301（ナビダイヤル）

編集／カドカワBOOKS編集部

印刷所／暁印刷

製本所／本間製本

Printed in Japan
ISBN 978-4-04-074894-8 C0093

新文芸宣言

　かつて「知」と「美」は特権階級の所有物でした。

　15世紀、グーテンベルクが発明した活版印刷技術は、特権階級から「知」と「美」を解放し、ルネサンスや宗教改革を導きました。市民革命や産業革命も、大衆に「知」と「美」が広まらなければ起こりえませんでした。人間は、本を読むことにより、自由と平等を獲得していったのです。

　21世紀、インターネット技術により、第二の「知」と「美」の解放が起こりました。一部の選ばれた才能を持つ者だけが文章や絵、映像を発表できる時代は終わり、誰もがネット上で自己表現を出来る時代がやってきました。

　UGC（ユーザージェネレイテッドコンテンツ）の波は、今世界を席巻しています。UGCから生まれた小説は、一般大衆からの批評を取り込みながら内容を充実させて行きます。受け手と送り手の情報の交換によって、UGCは量的な評価を獲得し、爆発的にその数を増やしているのです。

　こうしたUGCから生まれた小説群を、私たちは「新文芸」と名付けました。

　新文芸は、インターネットによる新しい「知」と「美」の形です。

2015年10月10日

井上伸一郎